花间词外

刘琼 著

北京出版集团
北京十月文艺出版社

目录

陈如冬　最是一年春好处

陈如冬　半晴

陈如冬　牡丹亭游园惊梦

陈如冬　梅花书屋

陈如冬　古梅花馆图

陈如冬　冰姿玉骨

陈如冬　轻寒正是可人天

兰生幽谷无人识

阳春三月，莺飞草长，山里的兰花开了。

“兰生幽谷无人识，客种东轩遗我香。知有清芬能解秽，更怜细叶巧凌霜。根便密石秋芳草，丛倚修筠午荫凉。欲遣蘼芜共堂下，眼前长见楚词章。”汪灏等人奉康熙之命，在明代王象晋的《群芳谱》的基础上，删减扩编而成《广群芳谱》。《广群芳谱》里这首《种兰》相传为苏辙所作，他的哥哥苏轼也写了很多以兰为吟咏对象的诗词，比如“春兰如美人，不采羞自献。时闻风露香，蓬艾深不见”。众多关于兰花的诗词中，最出名者大概数韩愈曾补录其佚文的《幽兰操》。《幽兰操》是古琴曲，又称《猗兰操》，原作者据说是孔子，经韩愈补录之后流传至今。“兰之猗猗，扬扬其香。不采而佩，于兰何伤。今天之旋，其曷为然。我行四方，以日以年。雪霜贸贸，荠麦之茂。子如不伤，我不尔觏。荠麦之茂，荠麦之有。君子之伤，君子之守。”曲调哀婉、抒情、动人，被广泛歌咏。

关于兰花，20世纪也产生了一首流传较广的歌曲《兰花草》。“我从山中来，带着兰花草。种在小园中，希望花开早。一日看三回，看得花时过。兰花却依然，苞也无一个。转眼秋天到，移兰入暖房。朝朝频顾惜，夜夜不相忘。期待春花开，能将夙愿偿。满庭花簇簇，添得许多香。”信手打出这段歌词的同时，旋律也哼了出来。十七岁的少年好奇地看了我一眼。一代人有一代人的音乐，他还不懂。

一个地方也有一个地方的植物。生态环境差异造成生命形态差异。

台湾大量栽种兰花。兰花草似是从内地流入台湾的叫法。在皖南，我们甚至就叫兰草。皖南山里有兰草，很不起眼，成片成片地混住在灌木丛里。兰草属于多年生草本植物。春天到了，小草抽出长长的花薹，远远地看，蝶飞蜂舞，走近了，清香飘来，三四牙花瓣，淡玉色，竹叶形，纤细、优美、结实，偶尔透红，大多透着绿，由浅入深，以至花叶分不清爽。兰草的好处是叶形美，叶繁不乱，俯仰有致，才会有“看叶胜花”之说。兰香特殊，花香清雅，是清香，是香与不香之间的香，用行家的话是有层次的香。记得还是小姑娘的时候，大家永远在争论一个问题：茉莉、米兰、栀子、兰草这四种，到底谁的香味最好闻？米兰刺鼻，茉莉和栀子各有千秋，兰草最优雅，大家都爱兰草。

因为爱，也试图把山里的兰草栽进自家的花园。野生的兰草栽到漂亮的花盆里，日日精心侍弄，闻到花香了吗？印象中成功率是零。首先，从山里挖兰草就不容易。这世间，越是细致的东西，越有骨头。兰草看起来纤弱，实际上“蒲苇纫如丝”，这大概是生物的自我保护本能。山里的兰草长期生长在自由的荒野里，纵横交错，根深蒂固，抓地如铁。根系既茂且长又深，费了老大的劲才能挖完整，还要带上原土，小心翼翼地捧回家，不敢有丝毫擦碰。平日浇水也特别用心，说要八干二湿。总之，是“一日看三回”，可能都不止了，春天也过去了，山上的野兰早开谢了，花盆里的兰草还是徒生叶子，丝毫没有抽薹开花的迹象。

家住一楼，有小院子，沿墙砌了个长条形的花台。我对园艺持久的爱好大概始于彼时。园艺的探索，当然不止兰草这一种。皖南山里还有一种众所周知的花，叫映山红，对，就是著名的杜鹃花。大朵儿，跟兰草开花时间差不多，也是清明前后，漫山遍野都是血红、杏红、紫红，所以叫映山红。又因为皖南山区在抗日战争和解放战争中都牺牲了不少战士，“映山红”这个名字似乎拥有了象征意味。以《映山红》为名，有一首流传很广的歌曲，非常抒情。歌词写得好，是典型的民歌比兴手法，形象，生动，接地气，“夜半三更哟盼天明，寒冬腊月哟盼春风。若要盼得哟红军来，岭上开遍哟映山红。”特别是最后一句，反复吟咏，一唱三回，婉转悠扬。如果有歌队在场，可以加个多声部合唱，那就更美妙了。这首歌的作曲家傅庚辰后来当了中国音乐家协会主席，擅长写歌曲旋律，《地道战》等电影插曲都出自他之手。我曾不止一次亲耳听他本人说，一生作曲虽多，最喜欢的还是《红星照我去战斗》和《映山红》。这两首歌都是电影《闪闪的红星》的插曲。老电影了，电影《闪闪的红星》首映时间是1974年10月1日。那年我已四岁，正伴随父母在宣城敬亭山脚下居住。那个地方叫桃村。宣城全境都是当年新四军活动的区域，桃村也不例外。父母工作单位当时属于军队建制，《闪闪的红星》上映时，官兵在露天大操场上集体观看电影的情景，成为我这一生最早的清晰的记忆了。

我与《闪闪的红星》有缘。若干年后，在北京，听一个特别要好的朋友说起童年扮演潘冬子的情形。这个“潘冬子”，后来读了北京电影学院导演系。

电影好看，歌好听，映山红可不好养。“忠州州里今日花，庐山山头去时树。已怜根损斩新栽，还喜花开依旧数。赤玉何人少琴轸，红缬谁家合罗裤。但知烂熳恣情开，莫怕南宾桃李妒。”唐代诗人白居易成功地把映山红从庐山山头移植到自家花园，喜不自禁，写诗留证。一花一世界，人亦如此。陶渊明性情散淡，自然喜欢淡菊。在唐代诗人中，白居易无论写诗，还是做人，都比较平民化。映山红色彩鲜艳，花形烂漫，呈现出蓬勃的现实生命力。酷爱映山红，大概也是诗人个体情志的一种投射。当然，栽种映山红，白居易不是第一人，唐贞观元年（627），就有映山红成功栽培的记载。

从宣城搬回芜湖后，清明前后，我们还是习惯去九连山踏青、扫墓。来回的路上，每一辆缓行或疾驰的自行车上似乎都插着映山红。年年清明，年年如此。鲜花虽美，毕竟不能持久，于是有贪心者会把映山红连根带叶带花，带回院里栽种。中学同桌的母亲在百货公司做保管员，性格特别活泼，喜欢唱歌、唱戏，喜欢跟小孩子说话。这样的长辈不多，于是，夏天的傍晚，天还亮着，常常三五人约着去她家看花。记得其中就有移植成功的映山红，还有一茬茬不断开花的大山茶。同桌的父亲好像比母亲年长许多，是一家烟草公司的经理，瘦小，近视，总是坐在院子里的藤椅上，一支接一支一声不吭地抽烟。与母亲的活泼正相反，父亲特别严肃。不过，这些美丽的鲜花都是这位令我们畏惧的父亲的园艺杰作。同桌是老大，叫鸿雁，说是出生时父亲从牢里来信起的名。妹妹叫云燕，也是长翅膀飞的小鸟。为什么坐牢？同桌说与父亲原先在军队做情报工作有关。

在汉语里，有些词是约定俗成的美好。比如“兰心蕙质”，这是我少年时期从一个冰雪聪明的女性朋友的笔下学到的最难忘的词之一。现在想想，与“兰”有关的词，仿佛都是好词，比如兰章、兰友等等。这些美好的词的形成，有赖于我们老祖宗对于兰的集体有意识的偏爱，并形成流传有序的文化传统。与兰相反的词则是艾，比如兰艾之交，意思相当于云泥之别。汉语中还有些词，属于敏感词，自带神秘气质，比如“情报”。同桌嘴里的“情报工作”，让我肃然起敬。无名英雄，永不消逝的电波，成为我们这代人成长时期的一种具有浪漫色彩的价值标杆。这是英雄主义的革命传统了。一代人有一代人的理想或命运。革命传统对我的直接影响是，高考时径自在提前投档志愿一栏填报了“解放军洛阳外国语学院”。笔试过了，口试过了，身高不够，刷下来。这才上了中文系，做了几十年跟文字有关的媒体工作。“情报”两字的余波，是迄今尚存的对于谍战作品和侦探小说的爱好。

即便是这位神秘、富有专业技能的父亲，当年也不曾驯服兰草。可见，兰草栽培的难度比映山红要大得多。也许有人会说不对吧，梅兰竹菊作为四君子，挂在中国人家的厅堂里时，应该早就是前庭后院的密友了，否则，怎么会有“宁可食无肉，不可居无竹”这样的诗句出现？否则古人怎么会说“如入芝兰之室，久而不闻其香”？不是因为它们已经比比皆是，可以广泛栽培了吗？这些疑问确有道理。只是，此兰非彼兰，“芝兰之室”的兰花，是有别于野生兰草、可以家养的兰花。兰花在中国的栽培历史悠久，有各种资料表明，最早恐怕可追溯到两千多年前春秋末期越王勾践时期。勾践真是个了不起的人物，大可安邦宁国，小可种花莳草，无怪乎西施美人会为了他的江山以身侍敌。绍兴城南有兰渚山，相传是勾践树兰之地。山下驿亭，也即著名的兰亭所在。勾践活跃的时期，还没有纸张和大规模的文字书写。倒是明代《绍兴府志》对此记得详细：“兰渚山，有草焉，长叶白花，花有国馨，其名曰兰。勾践所树。兰渚之水出焉。”明代的《会稽风俗赋》《绍兴地志述略》，包括书画家徐渭的《兰谷歌》，对此都有记录。明代的记录应该是由南宋《会稽续志》而来。《会稽志》成书于南宋嘉泰元年，由施宿等撰写，共二十卷。南宋宝庆年间，张淏又续写八卷，称《会稽续志》，宁波天一阁今有藏本。《会稽续志》称：“兰，《越绝书》曰‘勾践种兰渚山’。”《越绝书》属于我爱看的一类书，杂七杂八，是杂记，不同于西汉《史记》的体例，倒像《淮南子》之类。有人说《越绝书》是地方志写作的鼻祖。内容以春秋末年至战国初期吴越争霸为主干，兼及这一历史时期吴越地区的政治、经济、天文、地理，条目分类相对清晰，今天的学者大多认为其最早成书时间是东汉初年。《越绝书》的可靠性不论，人们之所以愿意相信勾践兰渚山树兰这个传说，其实还是借古喻今，表达对美好的人物和人格的向往。美好的人格比如坚忍、专注、博学等等，十分可贵。说得多了，说得久了，传说便也成了历史。绍兴人家至今有树兰遗风。在今天的绍兴兰渚山下，柯桥边，有个叫棠棣的地方，号称“兰花村”，不仅家家户户种兰花，兰花产业甚至成为全村重要经济来源。两千多年来，在会稽即今绍兴这块雨水丰沛、四季分明的土地上，兰花种植从传说，发展成产业了。

兰花能成为产业，是因为有民众审美基础。兰花品相素洁，符合中国古典审美标准。古典的美，追求有内涵和韵致的低调的美，或者叫简约、朴素的美。栽培历史既久，渐渐地，兰花的品种也栽出花样了，大致形成春兰、建兰、蕙兰、墨兰、寒兰五大类。小类还可细分。这五大类，从植物学的角度，统称为中国兰。所谓中国兰，就是原生地为中国的兰花，是中国古人诗词绘画里的兰花。

既有中国兰，就有洋兰。洋兰的通俗和普遍叫法，是热带兰。热带兰，艳丽，大朵，重瓣。今天市面上常见的君子兰、蝴蝶兰等都属于热带兰。顾名思义，原产地是热带，跟中国兰不是同一科属。冬天的北方颜色暗淡，随着物流便捷化，热带兰这些年在北京非常流行。摆在屋里，与屋外的萧瑟相对照，的确养眼。可惜热带兰没有香味，它的高调和鲜美是现代做派。热带兰和中国兰放在一起，每每让我想起张爱玲的《红玫瑰与白玫瑰》。爱玲女士的意思是各有千秋，但在我这样老派的中国人看来，中国兰的好处是无可替代的。

中国兰品相可人，香味号称“国馨”。所以，尽管《淮南子·缪称训》称“男子树兰，美而不芳”，尽管我也老拿这句话打趣热爱养花的男同事，但心中始终存疑。从历史记载看，最早的兰花栽培者大多是男性，兰花流传至今，不仅没有“不芳”，而且还馨香动人。中国兰的馨香沁人心脾，黏合力强。《孔子家语·六本》之所以有“与善人居，如入芝兰之室，久而不闻其香，即与之化矣”这类借物喻人的表述，依据的就是兰香的“影响”和“熏染”本义。意思是与德行美好的人交往，如同进入种满芝兰的房屋，不知不觉间会被美德同化和感染。“与不善人居，如入鲍鱼之肆，久而不闻其臭，亦与之化矣”，同样的道理，恶人也具有强大的负面影响力，长期与他们在一起，自己的三观也会受影响，所以“择邻处”很重要。孔夫子说什么，都会比附到修养层面。在论述芝兰之香和鲍鱼之臭的基础上，提出了“近朱者赤，近墨者黑”这一观点，强调环境对人的影响。成语“孟母三迁”说的也是这个道理。汉唐以后，儒家思想渐成为中国社会主流思想。儒家提出“君子”观，重视个体精神和道德情操的修养，以此为标准，讲求修身养性，甚至重精神轻物质，“清高”一词应运而生。唐代诗人刘禹锡在《陋室铭》开篇提出“山不在高，有仙则名。水不在深，有龙则灵。斯是陋室，惟吾德馨”，直接推翻了一般性评价标准，提出行为主体对“美”和“好”的重塑。今天看来，这种思想有早期人本主义色彩。写过“前度刘郎今又来”的诗人刘禹锡，本身也是哲学家，写过一本具有唯物主义思想的哲学书，叫《天论》。在有哲学视野的诗人眼里，人和外部世界的关系是辩证、变动、普遍联系的，有什么样的人便有什么样的环境。由人及物，梅兰竹菊，便也着了君子相，为君子所好。

如今市面上可以随便购买的中国兰纵有百般好处，也还不是我说的兰草。我们皖南山里的野兰，只叫兰草，从来不攀附“兰花”之名，应该就是侧重其野生和草本一面。当兰花得到普遍和广泛的栽培后，山里的兰草更加珍贵了，大概是数量少、获得不易的缘故吧。其中，身价最高的是“幽灵兰”。所谓兰有多种，“素心为上”，指的便是这种美得不可思议的幽灵兰。这个品种的兰草基本生长在林地沼泽，繁殖条件苛刻，现存数量极少，被列入《濒危野生动植物种国际贸易公约》。主要分布地在美国佛罗里达州南部。前些年，有旅行者在喜马拉雅山脉发现了幽灵兰稀罕的花影。幽灵兰属于附生型，叶片完全退化，靠气根获取养分和水分。也有人叫它鬼兰，我更愿意叫它幽兰。花开的时候，洁白的花片像精灵一样在风中摇曳。看看它，就知道什么叫“空谷幽兰”了。

栽培也好，野生也罢，从人类生存发展这个角度来说，植物自始至终都是友邦。对于人来说，植物除了提供生存必需的各种营养，通过光合作用提供人类须臾不可或缺的氧气，提供各种生产生活资料，此外，还提供和生产人类的审美对象——这也是栽培的意义之一。因此，探讨生物演化，如果换个角度，植物其实要比人高级得多，人对植物的依赖要远远大于植物对人的需求。当然，这个事实很残酷，人可能不愿承认。人有思维惯性。这几百年来，在达尔文进化论影响下，人类中心主义思想广泛存在。站在人的角度，从思维惯性出发，往往以人为中心，不能科学、平等、客观地认知人和周边世界的关系。人和自然的关系，包括人和动物、人和植物的关系。人和动物的关系有多重要，正面不说，负面影响，看看去冬今春让大家谈之色变的新型冠状病毒肺炎，应该就知道了。人和植物的关系同样如此。植物因为不会言语，比动物更容易受伤害。“头顶三尺有神明”，人类伤害了大自然，大自然对于人类的报复不是在眼前，就是在未来，比如沙尘暴、水土流失等等。不禁又想到这个冬天的禁足和禁食了。禁足和禁食之后，人们包括专家能够开出的药方基本上都与植物有关，比如“莲花”。疫情猛如虎。“植物总是在不经意的时候，提供适时的帮助。”这是我被圈在家里百无聊赖时，从一个日本生化博士的论文里看到的一句话。在人和自然的关系中，日本这个民族应该比我们得到的教训多，体验也丰富。经验和教训养成了敬畏的态度。博士在论文里大段地论述了红茶和普洱的抗疫功能，认为这两种茶叶中所含的茶黄素（TF3），不仅能够形成漂亮的颜色，也能够阻止冠状病毒的复制。这是一种参考。日本人治学态度认真，打一口井，一定会打到底，淘出泥，得出意想不到的结论。

当然，人类毕竟聪明，也高级。花卉栽培，是花卉成为人的审美对象之后的事。人有意识地结合需要，创造性地改造客观存在，比如把野外自生自灭的植物请到院子里和花坛里大规模地栽培。栽培是选择性行为。栽培蔬菜，这是人作为生命体的基础需要。栽培花卉，这是人的精神审美活动的需求。被栽培的兰花身价也不低。去年夏天，有朋友从绍兴快递来六小盆三星蝶。这是兰花里的新品种。三星蝶，三枚叶片，玲珑有致，像振翅欲飞的蝴蝶，颜色也好，是偏深的橄榄绿。三星蝶如此精巧，仿佛苏州园林里巧夺天工的太湖石，只是过于精巧，看得久了，便看出了其中的匠气。从简单到复杂，是不是一定是进化？收藏界的共识是，简约的明式家具价值要超越繁复的清式家具。单从形式看，明式家具的特点是简约、线条好看，清式家具的特点是细节讲究、雕刻精巧。有人认为清式家具最大的败笔恰在于过度雕饰和无谓装饰，多了冗杂，少了留白。估计许多木匠师傅都不能理解为什么做工复杂、用料更费的家具反而不被看好。这是美学问题了，而且是高级的美学问题了。能够透彻地理解这个问题，这个木匠师傅就能成为大师，成为齐白石了。

美学问题是复杂问题。中学课本里有清代诗人龚自珍的文章《病梅馆记》，病梅是被疏枝后掰弯、凹了造型的梅花，虽然玲珑剔透、曲折有致，但在作者眼里已经生病了，不美。美来自自然，美来自单纯。或许，正是从这个角度，而不是从市场价格层面考虑，人们更喜欢山野里的兰草，喜欢花草不分，喜欢猝不及防飘来的幽香。

喜欢归喜欢，寥寥几笔，画好兰草可不容易。自古以来，画兰的人很多。手头有本《芥子园兰花谱》印刷本，这是入门级教材，我曾经拿毛笔跟着描了几笔，不像样，遂放弃。笔墨带意，油画可以修修补补，国画要一笔画成，呈现的是一日三课的童子功，童子功无法找补，这也是画国画和画油画的区别。中国画和中国书法一个道理，入门容易提升难，间架结构起落笔，招招式式是学问。老年书画社开办，往往许多人都去选修国画，当作爱好怡情养性，当然可以，真要学好可要下功夫。在皖南的方言里，“功夫”也是“时间”，比如问“你现在有没有功夫”，意思是“你现在有没有时间”。可能有人会说工笔画需要童子功，大写意应该不需要吧。这是误会。绘画中的大写意和书法中的草书，恰是在基本功掌握得比较扎实，笔墨自由后才能进入的高层级。最近在看张次溪整理的《白石老人自述》一书，收录了国画大师齐白石治艺的第一手经验，也佐证了这个观点。齐白石留传至今的作品以虾为最，此外，各种小动物、花蔬以及人物造像均有传神作品。早期工笔好，脱离了匠气后的写意尤其好。工笔是隔着一层透明玻璃的写实，写意则是加了丰富滤镜后的创造。中国画的滤镜，往往内含创作主体的审美移情和哲学观念，是具有美学自洽的笔墨表达。

笔墨最终投射的是人。这个春节，因为新型冠状病毒肺炎疫情严峻，被长时间圈在家中练习厨艺时接到画家刘晖的两个电话。刘晖是屯溪人，做过黄山画院院长。二十年前，因为“屯溪”改名“黄山”，愤而出走北京。早年以画松出名的刘晖，寓居北京的这些年，箪食瓢饮不易志，在宣纸上依旧画着徽州，画着故乡，画着松树以及兰花。正是前些年在他位于北五环的那个简朴的画室里，我看到了古人的兰花，也看到了今人画的兰花。今人的兰花，主要是刘晖的兰花。被称为“黄山松王”的刘晖，果然不是普通的北漂艺术家。人民大会堂正门的那幅国画《迎客松》便出自他之手。这么一位大画家，长得也眉目清朗，一开口，却还是一口屯溪方言，做派也完全是山里人的淳朴厚道，没有丝毫的花头。寓居北京二十年，极少见他抛头露面。七十多岁了，底气却很足，巨幅松树一气呵成，就连书法落款也完美无缺。画松树是刘晖的拿手活，早在1985年，荣宝斋就给他出了《黄山松》画册。这些年，远离黄山的日子，刘晖主要画兰花，写榜书。兰花是小品，刘晖画室里的兰花，比古人细致，比今人古雅。结构尤见用心，是我熟悉的徽州山里的兰草，柔、韧、朴、健，叶叶不同，叶花不分，灵动自然，“王者之香”仿佛可闻。

刘晖的电话第一次响时，我正在厨房里认真研究百合蒸南瓜。这是久违了的兰州百合，师弟年前刚从兰州寄来。与象征着美好爱情的百合花同名同源，美丽的花朵可供欣赏，地下鳞茎可以食用。上海人会吃，记得本帮菜里喜欢用百合做食材。本帮菜用的多为南方百合，清香中带点苦尾子。植物中凡可清热解毒者，大多性平味苦。有经验的人知道，百合有止咳平喘、清热解毒功能，是中药里一味常用药引子。全国唯一的甜味百合，产地在兰州。与南方百合不同，兰州百合是食盘里的珍馐，色泽洁白如玉，甜香软糯。20世纪80年代中期到兰州上大学，第一年寒假，在有经验的学长指点下，背了一大包鲜百合回南方过年。洁白的百合，还有家在山西农业大学的下铺从太古寄来的金黄色的小米，谁也不知道怎么吃。家里人都开了眼界。这是三十年前。现在，据说在兰州，冬天要吃到正宗的鲜百合也不大容易了。因为土壤要求特殊，产量少，每年冬天也就是春节前夕上市。北京的超市里偶尔能碰见真空包装的兰州百合，看起来也不错，应该是大规模栽培后的成果了。

栽培改变了植物，栽培也保护了植物，包括物种。纯粹自然的条件下，许多植物大概都会灭绝。

曾做过北洋政府财政总长和国务总理的熊希龄，一生娶妻三次，前两个妻子因病而死，最有名的第三任妻子毛彦文，号称“民国奇女子”，后来做了香山慈幼院院长。熊希龄与毛彦文结婚已经是1935年的事了，婚后两年熊希龄病逝。此前大概是1921年，熊希龄在香山正式开办慈幼院后的第二年，胡适前去游玩。这时候的熊太太是熊希龄的第二任妻子，朱其懿同父异母的妹妹朱其慧。朱其慧诗词歌赋俱佳，被誉为熊希龄的事业伴侣。1894年，熊希龄中了进士，点了翰林。据说精研经史学问的熊希龄在这位优秀的太太面前还有点不自信。当年，胡适在西山玩得很尽兴，带着主人家夫妇赠送的一盆兰花草回到城里，欢欢喜喜照顾了很久，直到秋天，也没有开出一朵花来，于是写了一首叫《希望》的小诗。过了将近半个世纪，陈贤德、张弼两位台湾艺术家对这首诗做了修改并配上朗朗上口的曲子。这就是《兰花草》。

胡适是皖南绩溪人，幼时住在山里，热爱兰草的情结可想而知。

落梅横笛已三更

这是纳兰性德的词。宋之后，纳兰性德是我最喜欢的词家，一个满族贵胄能把汉语的词写得如此唇齿生香，真是了得。

这首词全文是：“残雪凝辉冷画屏，落梅横笛已三更。更无人处月胧明。　我是人间惆怅客，知君何事泪纵横。断肠声里忆平生。”字字句句入画，人、物、情宛然眼前。一首词，须无一字多余才是真正的好，诗亦如此。这是诗词在形式上的最高境界，也是对汉语的最大尊重。

记得当年读博，读的是艺术学专业，入学考试要考艺术概论，出题老师是刘梦溪先生。刘先生当时以中国艺术研究院文化研究所所长的身份，兼任研究生院艺术学系主任。他本人研究古典文学和中国文化，出题信手拈来便是“试论意境、意象和境界”。这是道大题，我有点蒙，答得很不好，但最终也还是绕到王国维先生的《人间词话》和意境论。“意”和“境”，后来成为我们艺术学专业出镜率最高的一类词。唐诗宋词数量那么多，怎么判别好坏，大多数人凭借阅读直感。阅读直感也是审美直感，来自经验积累。对于艺术学专业的学生，要能够把这个直感经验用专业语言描述出来，往往就是从“意”和“境”开始分解。当然，也有人干脆不理这套，直接从亚里士多德开论。原瓶装原酒，谈论中国古典诗词，还是意境能说得清。“意”大致可以分解为意象、意义、意蕴。“境”可以分解为心境、境界以及实境、真境、神境等等。在“意”和“境”的前面，通常还要加上“象”。“象”是万物。“大音希声”“大象无形”，中国画专业的学生对此领会尤深，特别是山水画，几乎自始至终都在跟“象”“意”“境”三个字打交道，笔墨反而放在其次。

艺术讲通感，诗词更如此。词家填词，意象既要丰富、奇妙，还要有内在逻辑关联，能连缀成篇，这样填出来的词，节奏优美流畅，好听好唱，好记好传播。记住或遗忘，在传播学里叫“选择机制”。从选择机制角度，第一要有故事，诗词的故事就是“象”“意”，要有人、有物、有景，勾连在一起的画面感越自然越鲜明，越容易被记住。画面感来自不同意象的有机组合，有机组合当然不是以多为胜了。意象丰富与否，固然与多少有关，但独特、恰切、生动，具有思想、情感或形式的共同底色，逻辑有力，才更容易形成色调分明的画面感。

好诗好词讲究整体性。单个好词好句，难成好诗。有些人写了一辈子诗，结果还是有句无诗。词家填词，诗人写诗，不可一味追求字面出奇，拗断三根须才想出一个妙词。从意境和画面构成的角度，一个词肯定不够，还得继续拗断三根须。这样作诗填词，勤苦精神固然可嘉，但对于创作者个人实在是太苦了，从生命体能来说难以持久，诗词总量也很难上得来。比如李贺，诗风和遭际就很典型。人称“诗鬼”的李贺，与李白、李商隐并称唐代三李。鬼者，才华奇崛也。“李贺因长期的抑郁感伤，焦思苦吟的生活方式，元和十二年（817）因病辞去奉礼郎回昌谷，二十七岁英年早逝。”这是“百度百科”李贺词条下的注释。李贺肯定是诗词界的苦吟派，态度认真，自我要求高。李贺生在中唐，生在其后的李商隐在《李贺小传》中写道：“（李贺）恒从小奚奴，骑距驴，背一古破锦囊，遇有所得，即书投囊中。及暮归，太夫人使婢受囊出之，见所书多，辄曰：‘是儿要当呕出心乃已尔！’”语不惊人死不休，日日如此，呕心沥血，难怪做母亲的心疼。李贺活到二十七岁，总共作诗二百三十三首，也确有好诗传世。许多是大家耳熟能详的诗句，比如“黑云压城城欲摧”“天若有情天亦老”“雄鸡一声天下白”。这句“雄鸡一声天下白”，后来被毛泽东在小令《浣溪沙·和柳亚子先生》里改造为“一唱雄鸡天下白”，更出名了。“一唱雄鸡天下白”其后两句是“万方乐奏有于阗。诗人兴会更无前”，奔放，热烈，盛世气象呼之欲出。《浣溪沙·和柳亚子先生》收进中学语文课本，我们上学的时候都会背默。毛泽东的诗词音韵格律严格，用典出其不意。

原诗在“我有迷魂招不得，雄鸡一声天下白”之后，那句“少年心事当拏云，谁念幽寒坐呜呃”也非常漂亮。李贺在诗论家笔下是具有现实情怀的浪漫主义诗人，与其“少年心事”有关。出身李唐宗室旁支，门庭久不兴，境遇不平加上自我期许高，李贺的忧闷，用今天的话来说，似乎是一种中度抑郁症的病象。在李贺现存所有诗句中，我最喜欢的还是《李凭箜篌引》和《雁门太守行》。著名的“黑云压城城欲摧”，就出自《雁门太守行》。这首诗几乎字字句句能流传，“半卷红旗临易水，霜重鼓寒声不起。报君黄金台上意，提携玉龙为君死”，寥寥数语，勾勒出一幅气象宏大的山水人物水墨画。

《李凭箜篌引》是难得的丰赡华美、字字珠玑的好诗，整体都出色。音乐或声音用文字写出来，要打动人，往往需要通过人们熟知的事物比如色彩、乐器、感觉来构建意象，形成意境，沟通认知。关于写音乐的诗词，清人方扶南在《李长吉诗集批注》里有一段论述挺有见解。他说：“白香山‘江上琵琶’，韩退之《颖师琴》，李长吉《李凭箜篌引》，皆摹写声音之至文。韩足以惊天，李足以泣鬼，白足以移人。”这是把白、韩、李进行比对，把韩举到最高。这个方扶南又叫方世举，是桐城方家人，一生苦作诗，才气又不如李贺，创作方面几无成就，但桐城方家人会读书，理论水平和审美力不错，谈诗论艺有一套。比如，说《琵琶行》“足以移人”，就很准确，抓住了《琵琶行》的故事性和命运感这一叙事特点。所谓“移人”，用今天的话说，就是有“代入感”。方扶南是韩愈的粉丝，力推的这首《听颖师弹琴》确实不错，从演奏技巧写到接受效果，细致、形象、熨帖。颖是唐时从印度来到中国的一个善于弹琴的和尚。文人好风雅，为和尚和歌伎写诗站台也是风雅之举。这个叫颖的印度和尚看来是公关能手，不仅劳动了韩愈的大驾，李贺也写过一首《听颖师弹琴歌》，但用典太多，流传不及韩诗。论诗赏词，最怕同类题材比对，一比对，高低立见。

琴是古琴。关于琴文化，典籍记载丰富有序。琴瑟和谐，鼓瑟吹笙，高山流水，等等，这些说法都与古琴有关，可见其年代古远。中国传统乐器里还有一种月琴，虽然也叫琴，但这种弹拨乐器在诗文中有另一个更加著名的名字，叫“琵琶”，在甘肃河西走廊的诸多石窟壁画里都能见到这种“形如满月、声如古琴”的乐器。琵琶分直项和曲项两种，月琴是直项，地道的东亚本土乐器，早先也叫阮。百家姓里有阮姓，不知道祖先是不是乐户出身。在经济交流作为主要内容的丝绸之路上，文化交流不仅频繁，而且持久。仅仅是琵琶这一种乐器，在河西走廊上留下踪迹的，既有从东向西传播的直项琵琶，比如月琴，也有从西域传到中国内地的曲项琵琶，比如胡琵琶。曲项的胡琵琶是外来户，唐以后在中国开始流行。就我所见，国内目前各大民族乐团乐队使用的都是直项琵琶，规模讲究的乐队会有琵琶的同类项月琴，大概只有甘肃省歌舞剧院有胡琵琶。甘肃歌舞团有台特别有名的舞剧节目，叫《丝路花雨》，里面有反弹琵琶。反弹琵琶，又奏乐又跳舞，奏乐动作在肩部完成，难度非常大，创作灵感来自敦煌莫高窟112窟的《伎乐舞》。差不多二十年前，我随这个团在韩国的首尔和全罗道演出。这台演出无论在国内还是在国外，上座率都特别高。但可惜的是，现在的演员只会舞蹈动作，反弹琵琶这一演奏技能，早已失传。

中国传统乐器以丝弦为主，还有一种也叫琴的扬琴。扬琴是地道的外来户，在民族乐队里作用相当于钢琴，地位相当于第一小提琴。钢琴定音，第一小提琴指挥。2002年夏天，跟随中央民族乐团到雅典演出时，我才与扬琴有了近身接触。演出地点在雅典卫城南侧的狄奥尼索斯剧场。狄奥尼索斯剧场是剧院界的奥林匹亚，作为希腊最古老的露天剧场，古希腊三大剧作家埃斯库罗斯、索福克勒斯和欧里庇得斯的作品当年都是在这里与观众见面的。穹形阶梯剧场可以容纳近两万观众，相当于一个巨型体育场，但它的确是世界上声音效果最好的剧场之一。坐在空荡阔大的露天剧场里看彩排，心里都在打鼓。丝弦纤弱，如果没有电声交响，声音能传送到后排吗？欧洲观众能听得进去吗？指挥汤沐海当时在欧洲颇有人缘，许多观众正是冲他而来。但还是没底。今天的艺术交流已是家常便饭，那个时候，民乐到欧洲演出，对双方都是大事。中国民乐的演奏方法、声音效果，就连器形长相，对于欧洲观众来说，都是极为陌生的。这的确是某种意义上的一种悲剧。在文化传播上，无论是无形的，还是有形的，近两百年来，明显的西高东低，输入多，输出少。以艺术为例，普通中国人对于歌剧、芭蕾和交响乐的熟悉程度，恐怕都要超过对于琵琶、扬琴和古琴的了解了。我们的美学不自信带到了蓝色的爱琴海畔，但事实上，那天晚上，现场气氛出人意料的好。这里面有观众友好、有教养的成分，但最主要原因还是中国民乐本身迷人。中央民族乐团是民乐界的No.1，国手云集，当晚就有吴玉霞的琵琶、姜克美的高胡。紧锣密鼓、裂帛撕心的琵琶名曲《十面埋伏》与纤纤弱弱、清婉低调的吴玉霞形成强大的反差。印象最深的就是扬琴了。扬琴在C位，面对观众，紧挨着指挥台。扬琴手和指挥都是最后出场，超越了第一二胡姜克美，姜克美当时正如日中天。这令我吃惊，才知道扬琴音阶平衡周全，在民乐中充任“第二指挥”。扬琴手的琴棒叫琴竹，相当于指挥手上的银色指挥棒。

当然，独奏席上，最受关注的还是古琴。近年来古琴又热起来了。我认识的一些作家，还有画家，四十岁以后突然开始拜师学琴。古琴在古代更加受宠。交际广泛的李白也为一个弹古琴的本土和尚写过诗。这个和尚叫濬。

这首《听蜀僧濬弹琴》也是后世诗论家公推的好诗。全诗不长，照录如下：“蜀僧抱绿绮，西下峨眉峰。为我一挥手，如听万壑松。客心洗流水，馀响入霜钟。不觉碧山暮，秋云暗几重。”李白写诗一向善于用情，大胆用词，很少用典。用情、移情、同情、共鸣，这应该是李白诗歌能够广泛流传的一个重要因素。南宋时期的诗论家张戒在《岁寒堂诗话》一书里指出：“贺诗乃李白乐府中出，瑰奇谲怪则似之，秀逸天拔则不及也。贺有太白之语，而无太白之韵。”张戒是在对二李进行高下臧否时说的这段话。《岁寒堂诗话》是中国古代重要的诗话典籍，共两卷，流传在世版本不少，其中以武英殿本和《历代诗话续编》为最全，研究古典诗词的学者视之为必读书。明清以来关于《岁寒堂诗话》的研究著作也不少。张戒作为一个理论评论家，他的优点是不光臧否和判断，还建立了自己的评价标准和一套理论体系。比如提出“意味”一说，这个说法接近“诗意”，得到学者的响应。他提出“言志为本”“咏物为工”，从这个标准出发，李贺重工，李白重本，高下立分。在此标准下，尊李杜而反苏黄。“李杜文章在，光焰万丈长。”今天，我们还在尊李杜，可见张戒的理论影响有多大了。

与诗歌创作并行或稍滞后的诗话，对于诗歌传播，相当于权威推荐和影响力排行榜，在大多数人受教育机会较少的古代，它的引导力不言而喻。读诗赏诗，理论上是凭审美直觉，但大多数人或者说普通读者往往受口碑影响。这个口碑，过去是文人墨客的诗话谈论，相当于今天的朋友圈推介。今天是信息碎片化的时代，流行什么文章，新出什么新锐，在朋友圈里刷一下，便都知道了。碎片化的好处是，依赖大数据，什么都可能知道，缺点是流于表面，比较肤浅。这也是今人比古人显得浮躁轻薄的原因。古人的生活相对单纯，职业变化没那么频繁，一个职业不仅从一而终，往往还世代相传。比如农民就是种田，如果有家底，附带读读书，叫耕读世家。小农经济时代生活需求简单，生产资料和生活资料自给自足，读诗写字可能就是日常最大的娱乐了。像李白那样到处游山玩水，是少数派，是异端。中国文化崇尚勤奋节俭，向来耻于游手好闲。李白如果不是大诗人，在他的时代是断然不会被接受的。古人生活简单，还有一个重要原因是资讯少。交通不便，又没电话，从一地到另一地，经常是步行，得几天几夜甚至几个月。传统戏曲舞台上的才子佳人戏里，经常就因为资讯不通，有时间差，产生矛盾，形成戏剧冲突。这是古典时期的生活实况。今天，资讯发达，人们已经不满足一地一种生活，旅游是被鼓励的娱乐休闲方式，其他各种方式层出不穷，看电影、蹦极、健身等等，读诗写字反倒成为一种奢侈，结果是白话文运动至今一百多年了，新诗写作也有一百多年了，能传得开、传得下去的诗寥寥可数。一个时代有一个时代的文学表达，但我们毕竟曾经是诗教国家，这种局面的出现，还是有其内在问题在，比如诗歌研究和诗评没落。诗歌不兴，像样的诗话研究更是难得一见。在诗歌界，诗评家是意见领袖，推崇哪一类诗，把谁放在什么位置，对于大众审美往往起引领作用。诗评客观不客观、准确不准确、高明不高明，与诗歌创作互动如何，可不是可有可无之事。

像《岁寒堂诗话》这类经历各种汰洗流传至今、被学者广泛认可的诗歌研究典籍，特别值得后学者尊重。如前所引，对于二李，《岁寒堂诗话》说得比较到位。李贺的问题，一是性格问题，一是才华问题。活的年头少，加之才华有差距，李贺一生所写的诗，从数量和质量上都比“大李”李白要差得远。李白人称“诗仙”，确有天赋之才情，一生作了多少首诗，确切难考，收录在各种选本里署名“李白”的诗将近一千首。当涂青山李白墓是全国重点文物，据说也是衣冠冢，但李白活到六十二岁，死在安徽当涂，这一点没有争议。当涂周边，包括安徽、江苏两省境内，李白留下的痕迹不少。李白晚景窘迫，投奔在当涂当县令的族叔李阳冰，在安徽、江苏两地辗转漂泊。但李白生性潇洒，寄寓期间借机充分享受江南文化的刺激，也正是在这一段时间，李白诗歌创作迎来了“晚高峰”，不仅数量丰富，而且名篇迭出。“相看两不厌，唯有敬亭山”，代表了这个时期的一种类型：欢快、清灵，充满了生命意趣。“仰天大笑出门去，我辈岂是蓬蒿人”，是李白一贯的高蹈和飘逸。李白和李贺的根本区别在于，李白也有离愁别恨，但能把生活艺术化，能让生活入诗，能用内心点燃日常。所以，许多“生命中不能承受之重”，似乎也能照常承受。当然，这与李白早年受道家影响偶有出世之心，大概也有关系。李贺的悲剧在于儒家事功思想一以贯之，又缺乏世俗矛盾排遣能力，不平无法排遣，久积成疾。其实，写诗作为一种精神活动，是很好的宣泄和排解方式，但李贺又弄得很苦，不仅没有充分享受到好处，反而为之所累。主体的生命精神既决定了艺术创作的走向，也决定了世俗生活的质量。李白和李贺是亲戚，都是李唐宗室出身，从脉络流传角度，李白可能还比李贺更接近皇室。同样，从世俗的角度，李白一生大概也是失败的，仕途不济——尽管他很努力上进，甚至写了大量的政治抒情诗；经济窘迫，临老还要依靠他人救济。境遇相似的李白与李贺，性格却天差地别，这也影响了他们的审美感受力和书写风格。

中国艺术强调生命精神，即主观投射的必要性。学者朱良志有一本专著以此为书名，非常流行。朱良志是安徽滁州人，在去北大之前在安师大文学院当过院长。我当年报考南京大学中文系研究生，时任中文系副主任的赵宪章先生建议我上“委培”。这是二十年前的事了。今天的学生大概听都没听说过这个词。所谓委培，就是委托培养，毕业后要分到委培单位。赵先生看到我是芜湖人，建议我读的委培单位是安师大中文系文艺学教研室。安师大是所有根底的老学校，1949年整建制从当时省会安庆迁至芜湖。当老师也是我的愿望。但当时确实年轻，不愿意回芜湖，无缘与朱良志先生做同事。《中国艺术的生命精神》这本书，对于中国艺术和中国文化的体认确实清澈，文风也平易。写中国文化或中国艺术，因为历史悠久，典籍丰富，容易掉书袋。书袋有时不得不掉，但不能食古不化。

创作其实很容易陷入文化和文字堆砌的泥沼。比对李白和李贺二人时，脑子里常常蹦出“性灵”一词。清代袁枚倡导“性灵说”最用力，这是对于诗词创作的大贡献。理论都是从前人的经验归纳而来。以李白为例，要研究李白的诗歌为什么广为流传，一定要研究他的诗歌创作观念。也有人不喜欢李白，觉得他滥情。但这句话反过来理解，李白确实善于把诗意和日常结合起来，在李白笔下，人生如诗，风物诗化，时时事事都可入诗。实物可入诗，想象可入诗，都有诗情画意，都充分自然地融入主观情感。“白发三千丈，缘愁似个长。不知明镜里，何处得秋霜”，久寓江南，思乡怀亲，哪怕说哀愁，也会极大程度地画出哀愁的浪漫主义弧线和色彩，是“笔落惊风雨，诗成泣鬼神”。这就是“性灵”。

性灵，在诗歌中表现为情感的自然流露。情感如何流露，与诗人的世界观、人生观和文艺观有关。仔细想来，写得好的叙事诗确实也不多，印象中最出色的大概就是白居易的《琵琶行》和杜甫的“三吏”“三别”了。其中，许多叙事的存在还是为言志抒情做铺垫。中国文学有抒情传统，从最初的“歌之咏之”到文体成熟完美的诗词，“抒情”似乎都比“叙事”占上风。与李贺相比，李白胜在才华，也胜在情怀。这个情，也包括性格，有先天成分，但也有后天养习。对于诗歌来说，情是所指，才是能指。能指决定走多远，情是前提，是内容。情动于中，才能关情赋情，才会吟诗填词，才会言志抒情。言志抒情，落在“意”的层面，即主观情感和主体认知。一首诗的好坏，“象”和“意”很关键，但一首诗高明与否，最终取决于“境”。这大概是我喜欢纳兰性德的一个原因。

古今中外，有才情还善于抒情者多了去了，可以拎出一大串名字，数到清时，肯定要数到纳兰性德。纳兰性德不是有才情，而是才情与众不同。相较于二李，纳兰性德不仅是贵胄，而且是真正的皇亲国戚，本人也是康熙御前一等侍卫。这个职位通常都由上三旗有才干的子弟担任。这说明纳兰性德才高八斗，且文武双全。从古人的教育体系看，文武双全也不稀罕，过去有点追求的大家族培养子弟，都会要求习“六经”、学“六艺”。六艺之三是“射”，之五才是“书”，之二就是“乐”了。跟李贺一样，纳兰性德也是英年早逝，三十岁就因病去世，一生留下三百四十多首词。纳兰性德诗词的成材率高，出手便妙不可言。手头有本红色织锦封面的《纳兰性德词》，寒夜或者春光下，哪怕是在嘈杂的地铁里，随时都能读进去，是枕头书。

纳兰性德为什么吸引我？想来想去，无非是深情和优美。深情是指纳兰性德其人。诗词家写作，必须有情、用情，但往往不是滥情，便是矫情。滥情和矫情都是堆砌，堆得好，可能是“花间词”，堆得不好，体现在文本里，就让人腻味，不能打动人。深情还不是多情。多情是一种生理反应，在量上面占优势。深情折射主体的精神气质，在深度和专注层面取胜。有无深情，是一个人的人格指标。以纳兰性德为例，作为一个风华正茂、家世显赫的八旗子弟，对于爱情——初恋，对于婚姻——妻子，对于友谊——布衣文友，既投入，又仗义。哪怕被迫与初恋分手，出于父母之命媒妁之言结婚娶妻，也与妻子卢氏琴瑟和谐。“家家争唱《饮水词》，纳兰心事几人知”，纳兰性德是当时的“网红”。《饮水词》是卢氏难产病逝后，纳兰性德悲痛难抑所作。深情来自真情和赤子般的真诚。对人如此，对物也如此，塞北、江南，在纳兰性德的心里和笔下都是写不尽的春光、斩不断的离愁。光有深情还不行，还要善于表达。纳兰性德的词写景描物真切传神，境深格高，汉语的丰富、微妙和美好得到了升华提炼。一个满族正黄旗子弟能将汉语体现得如此优美，能将边塞和江南文化表达得如此透彻，能将人性和人情描写得如此淋漓尽致，不能不令人钦佩。

纳兰性德一定擅长绘画和音乐，所以词和小令才尽得风流。以纳兰性德这首《浣溪沙·残雪凝辉冷画屏》为例，每句都是黑白分明的水墨画。“残雪凝辉冷画屏，落梅横笛已三更”，时空、时令、时刻全部出场，雪、屏、梅、笛悉数到位，画面和声音都有了，开始述情道怀。整首词，最有名的还是这句“断肠声里忆平生”，如此哀伤，又是如此冷艳，画风鲜明。唐宋以来最擅长在诗词里画画的是王摩诘。摩诘的诗风和画风以空灵为上。纳兰的词风是黑白调，原生色用到极致，反而层次丰富、意蕴无穷。就好像情感倾倒而出，将底色亮出来，反而因为纯粹、真实和透明而打动人。还有比“我是人间惆怅客”更具沧桑感的语词吗？

更喜欢这句“落梅横笛已三更”，从意境构成上，比前一句“残雪凝辉冷画屏”自然生动，也比“断肠声里忆平生”含蓄内敛。李白曾在《司马将军歌》里写道：“羌笛横吹阿亸回，向月楼中吹落梅。”《阿亸》《落梅》都是古笛名曲。《落梅》又叫《梅花落》。纳兰性德还真写过一首叫《梅花落》的诗：“春色凤城来，寒梅逼岁开。条风初入树，缥雪渐侵苔。粉逐莺衣散，香黏蝶翅回。陇头人未返，急管莫频催。”他的诗总量不多。喜欢用冷香描绘梅花的纳兰性德，“落梅”一语双关。《落梅》古曲在笛管中飘飞的雪夜，庭院里也是落梅纷纷，人生如寄，难免惆怅失落。

纳兰性德让我喜欢的是风骨。没有他的境遇，没有他的深情，是学不来的。窗外已是春光。蜡梅今冬没见，去年在去太平湖的路上碰到，有一枝被带回了家。白梅、红梅和绿梅，也只有回江南去看了。《忆江南》好像也是纳兰性德最爱填的词牌。

春入平原荠菜花

有勤快者统计，《诗经》总共三百零五篇，其中，二十五种野菜被四十三篇诗文提到。三千多年前被提到的这些可食用野菜，经过长期的味觉规驯和栽培淘汰，一些已经广泛栽培，成为餐盘里的常客，如谖草，也即萱草，民间叫黄花菜。一些徘徊在野生和栽培之间，如荠菜和蕨菜。野生荠菜虽然有时令局限，但野生的味道更加鲜美。一些索性以野生为主，如莱、蘩、芣苢。因为是野生，接地气，深入民间，于是这几种野菜又有了地方性称呼。比如，西安一带可能会把荠菜叫芨芨菜。芨芨菜不是芨芨草，芨芨草是一种质地坚韧、生长在沙土和草滩上的植物，幼苗可作牲畜饲料。前年夏天，在弱水河边第一次见到芨芨草，来来回回的路上都是其茂盛摇曳的身姿。而“南山有台，北山有莱”的莱，现在普遍叫灰灰菜，也曾叫藜，许多地方的野地里能见到，但我严重怀疑它的老家在西北，据我所知，只有西北的方言才如此热爱叠声字。蘩，就是白蒿，著名的青蒿素则是获得诺贝尔生理学或医学奖的中国科学家屠呦呦借由青蒿提取出来的药物成分。青蒿素的主要功效是通过抑制恶性疟原虫生长，降低疟疾患者死亡率。蕨菜倒没听过有什么特殊的雅俗号。芣苢变化最大，车前草的名声显然远远大于芣苢。记得苏州有个诗人叫车前子，应该是笔名，不知道是不是由车前草而来。车前子的诗不错，苏州出诗人。

其他的不了解，荠菜应该是从《诗经》开始，走进人类书写历史。没错，“谁谓荼苦？其甘如荠。宴尔新昏，如兄如弟”，这句有名的评语出自《国风·邶风·谷风》。这是一首接近叙事体的诗歌，以弃妇口吻，叙述被弃之伤之苦。《邶风》一共十九篇，都是邶国民歌，也可看作殷商遗音。邶国是周武王伐纣后纣王之子武庚的封国，在今河南淇县北、汤阴东南一带，因为存立时间短，留存资料少，《诗经》所录就极为珍贵了。比如我们通过《国风·邶风·谷风》，不仅可以了解殷商故地的婚姻制度和女性地位，也可以约略了解当地的种植业状况和人类的食物结构。民以食为天，人类自有历史以来，就一直在为怎么吃饱和怎么吃好努力，能够带领大家采食狩猎者往往成为头领，比如神农氏。食物，尝过吃过，也记录在案，以期分享。早期的文字，与今天的文字一样，记录是第一功能，其次是言志抒情。《诗经》里的《国风》尤其典型。《国风》经采诗官甄选和编辑，留下文人化和文化化的痕迹，但老底子还是民间流传的歌谣。根植于民谣的《国风》，大多朗朗上口，适合传播。从写作技法角度，赋比兴是《国风》对《诗经》，也是对中国诗歌做出的最大贡献。比如《国风·周南·卷耳》，“采采卷耳，不盈顷筐。嗟我怀人，寘彼周行。陟彼崔嵬，我马虺隤”，从描写采摘卷耳起兴，类比到人，到马，然后议论抒情。《国风·邶风·谷风》也如此，“谁谓荼苦”谈的是食物的滋味，抒发的是被另有新欢的丈夫遗弃的女性对于生活的体会。“谁谓荼苦”的荼，如今通常都被解释为苦菜。手头有本《万物有灵：〈诗经〉里的草木鸟兽鱼虫》，收录了日本画家细井徇绘制的一百九十六幅画，古今对照，图文并茂，总体来说不错，但也有不足，对于有些知识点的处理简单粗暴，文字编辑不够细致。隐蔽在“草部”的“荼”，在画家的笔下，是一束开着小黄花的苦菜，不能说是错误，但至少不够严谨。其实，唐之前并没有“茶”这个字，“茶”也作“荼”，《尔雅·释木》就有“槚，苦荼也”一说。茶的前味是苦味，也叫苦荼。苦菜也好，苦荼也好，“荼”进入食谱之后，反正是以苦出了名。而“其甘如荠”褒奖的是荠菜的甘甜美味，荠菜的受欢迎程度，看来要前推到距今三千年的周晚期中原一带的餐盘了。

当然，茶也有甜味，茶的甜味叫回甘，是茶水入口滞后几秒的反应。回甘是客观存在，并非好茶者的主观臆想。怎么判别茶的好坏、可口与否，有无回甘是重要指标。品茶师也是有科学指标的职业。去年在青岩古镇碰到一位年轻的品茶师傅，对茶的研究颇多，卖的茶也不错，好像叫都匀毛尖，都九月了，还有回甘。人间已是四月天，春茶该上市了吧？

采摘，在狩猎之前，是食物的主要来源。“果腹”一词大概也由此而来。食物在最初，光能果腹不行，还要强身健体。据说当年神农氏尝百草就是以此为标准。食物在物质极大丰富时，才有可能既完成果腹之需，同时满足美味之好。好吃，有营养，则是餐盘里的宠儿。中国地大物博，餐盘来源丰富到令人瞠目，所以中餐和中医都提出食补、药膳。有经验的老中医开药方时，通常兼顾药膳和食补。在药膳和食补长长的单子上，列在C位的，往往都是生长在大自然里的植物，草、木、果、菜、米均归类入列。西药基本上是从实验室和工厂产生。这是中药和西药的一个明显差别。中西药区别也是这个春天的议题。作为蔬菜的荠菜，在中医的笔下是一味药方，可以健胃降压。唐代孙思邈写《备急千金要方》一书时，荠菜的药用功能就已被多次记录在案。“三月三，荠菜赛仙丹”，这句民谚讲的是荠菜的营养和药效。农历三月初三，正是清明前后，泥土被第一场春雨润湿，各种植物包括荠菜，扒开松软的土壤，冒出了嫩芽。掐尖吃嫩，进入餐盘和中药铺，荠菜凭借的是实用功能。等到荠菜开花，一定是过了清明，下了数场春雨之后的事了。荠菜花真正登上审美殿堂，恩主大概是辛弃疾。经由辛弃疾的妙笔，荠菜花美名远播，也在诗词歌赋里，每个春天都被记取。

诗词歌赋，今天看来区别似乎很明显，这是文学类型细化的结果。早期的诗词歌赋是一母所生。词是文人在歌筵酒席上写出来交付歌伎合乐演唱的文字，先是小曲、小令，后有长歌。随着小曲、小令、长歌的生长，词的音乐性不断强化，并产生了各种词牌。词牌是规定格式，相当于五线谱的各种“调性”和“节拍”，所以写词也叫填词。所谓“填”，有按规则出牌的意味，韵辙句读包括字数都应遵循不同词牌的要求。

辛弃疾写荠菜花的两首词都用了《鹧鸪天》，这个词牌的特点是每首五十五字，上下两阕都押平韵，像两首七绝联袂而成。宋词的词牌大多只做形式的文章，至于内容，反不做强行要求。比如《鹧鸪天》，包括晏几道、苏轼、李清照、辛弃疾等在内，几乎各大词家都写过，题材也应有尽有。在长期的写作过程中，许多词人形成了自己的词牌偏好，比如苏轼就似乎最喜欢《江城子》，而《鹧鸪天》虽由小晏立韵定款，但辛弃疾应是《鹧鸪天》的死忠粉，一生总共写了七十二首，将广阔的情感和丰富的经历带进了《鹧鸪天》。做人要老实，为文须放荡，大概说的就是辛弃疾这一类文人。做人老实是说做人要有原则，为文放荡是说写作要敢于创新。写作的创新，首先是认知的问题。辛弃疾有一篇著名的"政论文"叫《美芹十论》，似有同工之妙。"献芹"当然典出《列子》，但用"美芹"作为重要时论的题目，也只有辛弃疾这样的文章高手才能想得出来。写田间溪头的这两首"荠菜花"，同样一反惯性，不拘大俗，不仅将农人视角和田园风光堂堂皇皇地引入诗词之堂，而且敢于创造美学新形象。

一首是《鹧鸪天·陌上柔桑破嫩芽》："陌上柔桑破嫩芽，东邻蚕种已生些。平冈细草鸣黄犊，斜日寒林点暮鸦。　　山远近，路横斜，青旗沽酒有人家。城中桃李愁风雨，春在溪头荠菜花。"另一首是《鹧鸪天·游鹅湖醉书酒家壁》："春入平原荠菜花，新耕雨后落群鸦。多情白发春无奈，晚日青帘酒易赊。　　闲意态，细生涯。牛栏西畔有桑麻。青裙缟袂谁家女，去趁蚕生看外家。""春""雨""平原""陌上""牛""酒"等属于典型的田园意象，两首词都用到，但两首词的意境整体构成还是有微妙的差别。表达细微的情感和差异，也是文学的魅力。同样景物，入了不同的眼，生出不同的感受，产生不同的表达。境随人迁，这个好理解。相同的人，不同的境遇下，对于同样的景物也会有不同的感受。这个不同的境遇，有时是节令，有时是心绪。比如"春入平原荠菜花"，写的是荠菜花普遍盛开的繁茂情状。"春在溪头荠菜花"从节气上要稍早些，诗人的心境表达也有明显差别。春深时节，禾苗入土，春蚕织茧，农人已经没有刚入春那么忙了，喝喝酒，访访亲，可以稍稍享受一下夏收前短暂的闲适。细节决定好坏，《鹧鸪天·游鹅湖醉书酒家壁》这首词属于"情绪饱满型"，没有丰富的乡村生活经验，没有同理心，是写不出来的。《鹧鸪天·陌上柔桑破嫩芽》写于淳熙八年（1181），是辛弃疾遭遇弹劾隐居江西上饶带湖之初所作，由“陌上柔桑破嫩芽，东邻蚕种已生些”这些细节可知，“春在溪头”的时令要比“春入平原”略早一些。在湿润的溪头，不经意间看到不与桃李争春风的荠菜花开了，诗人心中一惊，起了波澜。这个波澜既可以朝惊喜的方向发展，又可以朝感伤的一面走。柔桑嫩芽，细草黄犊，桃李盛开，都是春信。这是惊喜的基础。春雨绵绵，桃李零落，有经验的农人看到荠菜开花，知道荠菜老了，将退出食物舞台。这是感伤的由来。人到中年，又被免官闲置，抗击金兵收复家园的壮志实在难酬，睹物伤怀，诗人联想到胸中大志和自己的这一处境，写景状物也不免会着相。这首词也被称作《鹧鸪天·代人赋》。“代人赋”，顾名思义，酒筵聚会代人所作。这是辛弃疾初到带湖交际所需。居住日久，在江南温煦美好的时光里，诗人慢慢体尝到农家之乐，虽然“多情白发春无奈”，但开始有“闲意态，细生涯”之感，第二年也就是淳熙九年（1182）写《鹧鸪天·游鹅湖醉书酒家壁》时，心境明显变了，“春入平原荠菜花”构成春和景明、欣欣向荣气象。《鹧鸪天·陌上柔桑破嫩芽》的结尾，结在

“城中桃李愁风雨，春在溪头荠菜花”，是忧伤的降调。而《鹧鸪天·游鹅湖醉书酒家壁》的结尾，则结在“牛栏西畔有桑麻。青裙缟袂谁家女，去趁蚕生看外家”，洋溢着饱满的生活乐趣，是升调。一降一升，两首词都流传了下来。

研读唐诗宋词，于文于人，大概不喜欢辛弃疾者不多。辛词从“三观”角度属于绝对正统派。什么是正统派？即言行举止符合传统儒家思想文化对于“士”这个阶层的要求。这个要求在不同时期会有所变化，但有一个基本门槛，即忠义、坚韧和友善。从北宋到南宋，有三个诗人，在我心中是有磅礴的丈夫气和慷慨的英雄气的，一个就是辛弃疾，另两个是苏轼和陆游。陆游单论。中国传统知识分子大多喜欢辛弃疾，各高校古典文学课上，辛词也是讲述重点。大概是因为辛弃疾的“文武双全”，能够寄托千古文人的侠客梦吧。辛弃疾跟苏轼有相似之处，心中始终都有凌云壮志，才气同样的足，性情同样的豁达豪放。人生不如意事十之八九，在战乱年代，这种不如意，往往就不是一个人的不如意，而是一个家庭、一个民族和一个国家的不如意，或者说一个人的不如意与外部大环境紧密相关。越是大的不如意，改变起来越困难，这就是逆境。逆境能测试一个人的抗压能力，也能诠释一个人的生活态度。“天将降大任于斯人也，必先苦其心志，劳其筋骨，饿其体肤，空乏其身，行拂乱其所为，所以动心忍性，曾益其所不能。”话虽如此，但对于具体的人，逆境往往难挨，何况许多人即便经受住各种考验，也没有迎来人生的转机。逆境乃至不如意，这是历史的真相，具体到个人，也是人生常态。如何处逆境而不易初心，是对人性的锻造和考验。苏辛二人在不如意中活出了境界，令人感佩。什么境界？不怨不怼，志向始终如一，持微火，有恒温，能发光。历朝历代有才华者多，有正大气象的人少。所谓正大气象，即善于发现生命和生活中的光亮，并能于逆境中创造光亮，用今天的通俗表达，就是自带正能量。这样的人，是历史的实践者，也是历史的创造者，也就是鲁迅所说的“民族的脊梁”。民族的脊梁，每个历史时代都会有，但也都很难得。

近年来，不断有各种出版物怀念宋，这是当代人依据个别现象和数字，对宋进行的艺术想象。宋的确是中国历史上一个值得研究的朝代，活字印刷术的发明，最初的工商业市场要素的萌芽，书画艺术类型的丰富，等等，是今天能数得出来的巨大好处。数不出来的好处，要凭借想象。只是任何想象，包括艺术想象，都不能脱离具体的历史背景。宋在北方游牧民族辽、金长期的武力夹击下，国土被占，皇帝被俘。事实上，不生活在宋代，是断断不能理解那种战火频仍、国土分裂、故乡在远方的深切痛苦的。中国广大的土地和悠久的历史，都是以农耕文化为主角。农耕文化是有根的文化，流离失所是农耕文化最深切的痛苦。宋代文学艺术的发展固然与印刷术、工商业兴起等因素有关，有时候也想，宋词的细腻隐忍以及绘画艺术的工笔和秾丽，是不是一种迫不得已的“向内转”，也是“国家不幸诗家幸”的表现？当然，宋词的这种审美特质以及长短句形式，在叙事以及表现具体的人性和人情方面，比唐诗灵活、生动、有优势。处在唐诗的时间下游，如果继续走厅堂教坊旧路，在文学史上，词也会有自己的一席之地，但不会成长到与唐诗比肩。诗是名门闺秀，传统深厚，名家名作历朝历代都有。与诗相比，词只能算小家碧玉，起初只在教坊和厅堂的Party中流传，但宋词遇到了“宋”这个复杂丰富的大时代，命运发生了转折，小曲浅唱变成了长歌当啸。宋词能够独立门庭，一个原因是形式创新，另一个原因是名家名作的传播影响。大量作品可能都是庞大的塔基，脱颖而出的一点点就是塔尖，名家名作是塔尖上的尖。有名家名作才有传播力。一种文体的兴起，最终还是要凭借创作，才能达到峰值的高点。宋词在创作上的开阔壮大，要感谢苏辛。苏辛二人不循旧例，通过个体的艺术实践，对词的题材和美学风格进行了突破性的改造，不仅用“旧瓶”装了“新酒”，“为我所用”，而且呈现出新相。因为苏辛二人另辟蹊径的创作实践，并成为豪放派的代表，宋词才有可能呈现出丰富的美学品格。

优秀作品往往是副产品，是怡情养性和应酬交际之作，是歪打正着。对于古人来说，正科还是读书，学而优则仕。辛弃疾有天赋才华，出可为将，入可拜相，词文俱佳。辛弃疾一生未竟的政治抱负就是领兵抗金复宋。这个政治抱负既是个人的抱负，也应该是南宋朝廷的抱负。辛弃疾由家乡历城起义反金，南渡，向南宋当朝皇帝献上《美芹十论》，力陈抗金复宋之方式方法。以“芹”为美，是辛弃疾的一厢情愿，并没有获得主政者的认可。之后，辛弃疾一直在从四品这一尴尬职位上徘徊，甚至被软弱偷安的南宋朝廷以各种理由闲置了近二十年。“暖风熏得游人醉，直把杭州作汴州。”舞台小，机会少，辛弃疾的壮志难酬，是因为与周边偷安的整个大环境不同步。故而，以文名世，注定不是辛弃疾的人生理想。对这样一位有着英雄情结的直男来说，“醉里挑灯看剑，梦回吹角连营”才是生活常态。苏轼被党争牵连，辛弃疾则因为“出身”不被信任。苏辛政治命途坎坷，但又都是洒脱之人。所谓洒脱，既能实事求是，又可以超越世俗羁绊，不为物拘。这种洒脱，是性格天赋，也是世界观驱动之故。用叶嘉莹先生的话来说，读辛词要联系辛弃疾的身世，否则会落掉很多东西，“苏辛二人的词都是摆脱了那种绮罗香泽、剪红刻翠的作风，而抒写自己襟怀志意的”。

知人论诗，深以为然。于是，在柳永手中是玫瑰的词，在辛弃疾的笔下成为杀敌无数的剑。特别是南渡以后再没有机会重上战场，长短句成为记录沙场点兵、抗金杀敌理想的文本，对于战场杀敌的怀想，在残酷现实面前的惊醒，收放扬抑轻松自然。词在辛弃疾的手里，是花样百出的筐，没有形式和内容的系缚，既高唱“想当年，金戈铁马，气吞万里如虎”，也悄吟“倚东风，一笑嫣然，转盼万花羞落”，还歌颂“最喜小儿无赖，溪头卧剥莲蓬”。这都是辛弃疾的现实关怀。政治现实、情感现实、生活现实，都根植于创作主体的真实体验。所以，叶嘉莹先生在《唐宋词十七讲》一书中专辟两章讲论辛词时说“是用他的生命来写他的诗篇的，用生活来实践他的诗篇的”，说的是杜甫，用在辛弃疾身上也完全合适。想来这也是符合中国文化的“正统”的。叶先生晚年从海外归来，长期在南开任教，也是蛮有性格的选择。她那一代的学者，或者说她的在海外的朋友们，想回来的人不是没有，但真能下决心回来的人很少，毕竟这是一种彻底的改变，许多人还是不能舍弃许多具体的东西。所以，叶先生虽是一介文弱书生，还是女流之辈，但身上有丈夫气，拿得起放得下，骨子里流淌着一腔热血。有这样气质和这样经历的叶先生，讲论另一个女中豪杰李清照的词，却过于简单和干硬，缺乏代入感和同情心，不生动，不如辛词讲得好。比较起来，吴小如先生的《古典诗词札丛》更好看，我个人更喜欢。

辛词确实值得研究。在某种程度上，辛弃疾属于“一根筋”，政治抱负如此，创作也是这样。辛弃疾一生只写词，不写诗，并且把词这种长短句的艺术空间拓展到极致。这种极致包括风格的多样性。贬官闲居是辛弃疾的下沉时期，持剑的辛弃疾拿起了镰刀和斧头，直接下沉到田间地头，生活际遇赋予经验和体验，生长出《西江月·夜行黄沙道中》这类被认为具有经典范儿的辛词。“明月别枝惊鹊，清风半夜鸣蝉。稻花香里说丰年，听取蛙声一片。　　七八个星天外，两三点雨山前。旧时茅店社林边，路转溪桥忽见。”好词如同美人，气息贯通，节奏自然，是基本要求。用词用典出人意料，余味隽永，是高标准。辛词的一大特点是有影视画风，读辛词，听觉、嗅觉、视觉都需要调动起来，都会被刺激和重构。

诗教传统，今天看来是断了。今天的中小学课本，往往把诗词歌赋教成了识字课，诗词歌赋里最美的东西比如音韵节奏被误读，最有价值的精神气质被忽略。小学生们可能还背一背“床前明月光”，高中生连鲁迅的文章都读不通了。读不通的不只是语言，还有一种气息。唐诗宋词藏着的道理、敛着的精气，大概也难以为继了。有经验的主政者会从民间流传的诗词歌赋中读到“青蘋之末”，会产生警惕。可惜鲁迅被逐出中学教材之后，许多人包括一些知识分子还给予点赞，他们大概没有意识到这是精神传统的断裂。这个精神传统，从《诗经》来，从《离骚》来，从唐诗宋词来。

比如陆游，这位南宋时期的另一位大诗人，诗词歌赋全才兼备倒是其次，最可贵的是贯穿其一生对于国家和平统一的热望，让我们读得热泪盈眶。陆游与同时代稍晚一点的辛弃疾，都是“铁马冰河入梦来”的主战派。主战派在南宋是悲剧。出版物里多在书写宋徽宗，大概没有人会想起那个时代的英雄气短、壮志未酬了，恐怕也无法理解

“城中桃李愁风雨，春在溪头荠菜花”的无奈了。

植物开花通常都是“窈窕之年”。有些植物甚至是先开花，后长叶子，比如蜡梅。墙角庭院普遍盛开的玉兰也是先开出大花朵，然后慢慢地长出叶芽。桃李也好，玉兰也好，蜡梅也好，开花的季节也是一年里最好的时期。荠菜不然。荠菜是中年开花，开花荠菜，从食物的角度已过了鲜嫩时期，不好吃甚至不能吃了。从四月到六月，长江流域，垄上田间，阳光照得到的平原，阳光照不到的沟渠，尤其是雨后，荠菜跟新韭、春笋一样纷纷破土而出，低低矮矮地齐着泥土生长。大枝的荠菜要比细叶的早一二十天开花。大枝的量少，主要分布在松江一带。其他地方能看到的大多是小枝，小枝的花更细密。大概成为食物的植物，由于实用功能突出，审美功能可有可无，会不断地退化。这是一种生长暗示。与鲜艳的果实、枝叶相比，蔬菜的花反而越开越小，颜色越来越淡。星星点点的荠菜花，被发现时已是中年，发现者也人到中年。人到中年的词人，阅历多样，透过似锦桃李，看到荠菜花朴素到近乎尘埃的容颜和繁荣的生机。荠菜从外形看，花叶都不特别，属于典型的心灵美。将荠菜花写进诗词，放大，着情，形成“春深”、“春茂”以及“春伤”之象，非大师不能为也。这从一个侧面也印证了文艺学的一个命题：写什么和怎么写。写什么不重要，重要的是怎么写。写什么，有时候是视野，有时候是趣味。趣味有时是天性，有时由视野决定。比如都喜欢写《鹧鸪天》，小晏的词和辛词趣味迥然不同。当然，如果不是生逢“乱世”，不是从北方来到南方客居，不是一直屈才于从四品小官职位志意难酬，不是对民生疾苦有直接感受的机会，辛弃疾能不能看到并写出荠菜花，也很难说。

植物包括花一直是诗词主角。说到花，其实也有阶层和等级，有入流不入流、入诗不入诗之别，主要依据其跟人类的亲疏关系。堂前庭院常见的花，比如“四君子”，可能就常入诗入画。常见的花，长期被种植和被栽培，从审美的角度，已经从野生状态中脱离了“低级趣味”。没有被选中，还在野地里“兀自开放”的是野花。过去有首流行歌曲，叫《野百合也有春天》，吁求和表达平等意愿。吁求归吁求，小野花的春天还是常常被忽视。

有时候，经历才决定趣味。写作需要下沉，需要生活。写作职业化之前，吟诗填词不能当饭吃，可以换来饭票的是在朝为官，出门打仗，或者开个中药铺悬壶济世，也可以传道授业解惑当先生，当然还可以留在土地上种田。于是，在朝为官者可能就写出了台阁体，戍边打仗者顺便写出了边塞诗，罢官下沉者如辛弃疾在田园风格上有了开拓。这种收获，某种程度上是不是也是一种回甘？

却道海棠依旧

“昨夜雨疏风骤，浓睡不消残酒。试问卷帘人，却道海棠依旧。知否，知否？应是绿肥红瘦。”这首《如梦令》是婉约词大师李易安的成名作。

早年读这首小令，记下“绿肥红瘦”，忘了“海棠依旧”。

宋词出现了豪放和婉约两大风格，苏东坡和李易安各为代表。成为一种美学风格的代表，主要判断依据是文学创作的总体成就和影响力。苏东坡也好，李易安也好，虽为立派大师，但两人的共同特点是性情不拘泥，眼光不狭隘，又都才华横溢，豪放婉约兼美。说到苏东坡，通常会想起“老夫聊发少年狂。左牵黄，右擎苍。锦帽貂裘，千骑卷平冈。为报倾城随太守，亲射虎，看孙郎”，这是豪放风的《江城子·密州出猎》。苏东坡广为流传的另一首词《水调歌头·丙辰中秋，欢饮达旦。大醉，作此篇，兼怀子由》则是典型的婉约风，思亲感怀，悱恻动人，特别是“转朱阁，低绮户，照无眠。不应有恨，何事长向别时圆？人有悲欢离合，月有阴晴圆缺，此事古难全。但愿人长久，千里共婵娟”这几句，百转千回中写出无力抵抗的命运感，具有强大的共情力。离愁别恨人常有，写好写到位不容易。因此，后世有诗评家说，苏东坡的《水调歌头》一出，从此无人敢写中秋情。这是文学式表达，有点绝对，但这首苏词在历朝历代皆被传唱的确是事实。传唱的前提是谱曲。过去用工尺谱，现在是简谱。关于《水调歌头》，简谱至少出现了两个流传版本。一个是台湾梁鸿志版，比较早，邓丽君和徐小凤都唱过，传入内地后，一度成为电视晚会和KTV的热门歌曲，歌名叫《但愿人长久》。另一个是陆在易版，2011年完成，今天的美声界“男一号”廖昌永在音乐会上唱过。上海音乐学院毕业的陆在易具有明显的诗人气质，他的音乐抒情性强，这也可能是其选择为这首抒情意味浓厚的《水调歌头》谱曲的动机。两个简谱版各有优长，就唱法而言，梁鸿志版更通俗，容易被接受，容易传唱。陆在易版难度高，适合艺术院校教学。可能是先入为主的缘故，我个人更喜欢梁鸿志版，总以为中国的文字和中国的词，用中国人发明的唱法，才能唱出意境来。就像北方人吃饺子，讲究原汤化原食，要喝饺子汤。这个中国人发明的唱法可以是昆曲，可以是京剧，可以是吟唱，不论哪种，能把原词的味道更好地衬托出来就行。过去，吟唱是诗词的主要传播形式，古人写诗写词，大多先在教坊演练，“五陵年少争缠头，一曲红绡不知数。钿头银篦击节碎，血色罗裙翻酒污。”教坊出身的琵琶女与江州司马白居易在浔阳江头邂逅，光讲故事不行，还要弹奏一曲《琵琶行》。

会用曲调吟诵的当代人几乎没有了，我最后一次听，还是老诗人、翻译家屠岸去世前两年。屠岸先生是常州吟诵传承人。那年，硕士生导师骆寒超从杭州来京，参加

《诗刊》杂志的一个座谈会。会前，几位“80后”“90后”老友聚会，屠岸先生当时高寿九十一岁，神清气爽，一段优雅抒情的常州吟诵，顿时把满座带回“吴吟”“越唱”时代。

适合吟唱的诗词必须暗合音律，特别是词。唐也有词，宋词尤好。著名的词家，往往首先是音乐家。从这个角度，或能理解柳永和周邦彦当年为什么获得那么大的声名，这两人都精通音律，能自创词牌，是那个时代的音乐家。宋词成就大于宋诗，与音乐至少有两个直接关联。一是宋代宫廷音乐异常发达，宫廷词创作蔚然成风。被称为“宰相词人”的晏殊，一边办理公文，一边开创了北宋婉约词派。宰相如此，皇帝如徽宗、高宗也都是艺术范儿。“楚王好细腰，宫中多饿死”，同样逻辑，皇帝喜欢艺术，宫廷必然成为艺术演练的大本营。另一原因是市井阶层兴起，民间音乐创作有需求和热情。宋代出现了类似于资本主义萌芽的原始工业、雇佣关系和活跃的商贸活动，商人身份合法化，商品买卖日常化，许多服务行业比如娱乐行业发展起来，诗词音乐的受众广大起来。这一点非常重要。宋之前，包括唐，实行“宵禁”，夜晚还在街头乱逛的人会被差役抓去打板子、坐牢。唱歌、跳舞等等，需要舞台实践，需要在公共空间展示和传播。没有观众，或者茶馆老板早早关了门，词曲创作即便水平很高，也传唱不开，受众面有限。北宋不一样。北宋朝廷搞活市场有一套，解了宵禁不说，还鼓励发展工商业。北宋画工张择端的工笔画《清明上河图》，几乎就是当时北宋首都开封的风俗实录，特别是街市那一部分，人物众多，线条细致，色彩典雅，是对生活真相的一种描摹。几年前，《清明上河图》原作在故宫短暂展出，每天排队看展的人几乎排到了东六环。可见，今天的人虽然开着豪华汽车，打着不断迭代升级的手机，骨子里面，对古老生活样式还是充满好奇。

打着手机、日行万里的今人，写不出好诗词了。许多诗词写得七零八落，读起来都不顺畅，更不要说吟唱了。不是不懂音乐的缘故——音乐在大剧院的乐池里演出，而是语言的形式变了，生活的方式变了，想象力和情趣变了，表达想象力和情趣的方式也变了。从白话文运动算起，新诗写作已有一百年。一百岁的新诗，有好诗，但总量少。哪些新诗将会流传后世？一百年了，共识还没有产生。千奇百怪的版本，各种选择大相径庭，有些甚至自相矛盾。写诗作词，今人不能说不用功，但总还是勉为其难。唐诗，宋词，诗词还是唐宋好。

由上到下，合力之下，北宋的历史上空，词曲和小令乘着音乐的翅膀驾临。是宋代的开放和宋代的动荡，生长出“千古第一才女”李易安。少小便以婉约美辞为人称道的李易安，出生在北宋，长在北宋向南宋转折时期，遭遇各种家国不幸之后，诗词风格发生了变化，写“凄凄惨惨戚戚”，也写豪气干云、霸气侧漏的“生当作人杰，死亦为鬼雄”。始终是婉约豪放兼美的李易安的“中年变法”，将婉约和豪放都推到了极致，不仅更加婉约，比如《声声慢·寻寻觅觅》，而且更加豪放，乃至犀利，比如《夏日绝句》。

辛弃疾有首词，叫《丑奴儿·书博山道中壁》，写的是少年和中年的心境差异。“少年不识愁滋味，爱上层楼。爱上层楼。为赋新词强说愁”，这是少年。“而今识尽愁滋味，欲说还休。欲说还休。却道天凉好个秋”，这是中年。中年的生理年龄，现在官方划线通常是四十岁。古人因为寿命短，大约过了三十五岁就往中年走了，所以出现“四十不惑”这类老话。老话是经验的提炼。四十岁，各种直接经验和间接经验叠加，对于主客体世界开始有相对稳定的认知。写作是经验的表达，对于写作者，内在感受和外在经验变化，文章风格也会变化。创作界故有“中年变法”一说，多指进入中年后创作风格大变或突变。比如李易安，从女知识分子李易安的青年和中年，可以看到社会风气从相对开放到相对收紧的变化。这个济南大妞，“少年不识愁滋味”时写的那首成名作，尽管感时伤怀，但以天真烂漫少女心行贪睡宿醉之实，一方面写出一千多年前的李家家教宽松，另一方面足见宋代尚承唐风，士大夫阶层妇女生活自由、舒适、放松。唐风开放，有学者认为是中原汉族与北方少数民族长期杂居熏染之故。北方少数民族多为游牧民族，游牧民族以行走为家，居无定所，人际交往和社会风气相对开放。开放的具体表现之一，便是对人的基本权利的尊重，比如恋爱、婚姻和生育自由。由唐入宋，中原汉族入主，汉儒文化影响力加大，世风始变，理学兴起，知识分子的思想禁锢多了起来。李易安写《如梦令·昨夜雨疏风骤》时是相对开放的北宋。李家是书香门第，入朝为官、以饱学而名的李父李格非受教于豪放派苏东坡，被称为苏门“后四学士”。李格非对于女儿的教育想必比较宽松，从李易安诗词里暴露出来的各种小儿女情态以及强大的生命力，应是健康人格教育的结果。金人南下，朝廷先后偏安南京、杭州，李易安也随在朝为官的夫家南渡，颠沛流离的生活自此开始。不仅经历战乱，还经历了娘家和婆家家族政治命运跌宕起伏，经历小家庭两次破裂，与丈夫分离、丈夫病故、再嫁、离异、系狱，如此坎坷复杂的大小情形下，换了他人，或许早就抑郁而死，贵族小姐出身的李易安却活到了七十三岁。七十三岁，在古代是长寿了，可见是个心大的女子。李家早期宽松教育的余荫在慢慢释放。

西方有酒神，东方有酒仙，酒在东西方文化中都是向好向善的东西。酒能浇愁，也能燃兴、助兴、尽兴。女流之辈李易安，酒量多大不详，但喝酒肯定是好兴致。于是，有了与酒有关的种种名句名篇。除了《如梦令·昨夜雨疏风骤》外，李易安婚后还写过一首《如梦令·常记溪亭日暮》，回忆少女时欢脱饮酒生活。“常记溪亭日暮，沉醉不知归路。兴尽晚回舟，误入藕花深处。争渡，争渡，惊起一滩鸥鹭。”寥寥数句，意象精彩，情绪热烈，贪杯少女“沉醉不知归路”、搅得“鸥鹭”不安的调皮形象跃然纸上。“李白斗酒诗百篇”，诗酒历来不分家。这个心大的女子，早年诗词里的饮酒，都与欢乐尽兴有关。饮酒作诗是中国传统文人的理想生活。一文不名，还要拖着伤腿，忍受讥嘲，向店小二赊账沽酒，鲁迅笔下的孔乙己这个落魄文人的形象，因为这些与酒有关的文字而被许多人记住了。“酒”这种液体，在人类的日常生活中占据特殊地位，比咖啡和茶还特殊。东方人爱茶，西方人喝咖啡，不同习惯而已，本身并无高低优劣。喝茶和喝咖啡，只要身体条件允许，在数量上也无特殊规定。酒则不然。许多国家的酒馆有十八岁以下免入的规定，正规超市也不会卖酒给未成年人。这大概是因为酒精毕竟有明显的兴奋功能，酒后容易乱性失德，对社会和他人产生危害。咖啡和茶其实也有提神醒脑作用，但因为是轻度，至今还没听说有人因喝茶喝咖啡而做不能自控的事。可能因为酒有特殊性，中国民间舆论其实对女性喝酒并不认可，当然，这个女性是指“良家妇女”。我们的文化历来对男性宽容，对女性都比较严苛，尤其是明清以后，针对女性的清规戒律越来越多。男子可以公开喝酒，喝酒还可以请女子唱歌跳舞陪侍助兴。这些女子往往被称为“欢场女子”，与“良家妇女”正好相反，她们在私德行为和道德伦理层面获得了“赦免”。

良家少女李易安不仅喝酒，还醉酒，还把醉酒写进诗词流传至今。这是个例外。在中国传统文化背景下，写女孩子醉酒，还不招人厌，还被津津乐道，除了清代的曹雪芹，大概只有李易安了。

曹雪芹世不二出，一部《红楼梦》，处处是学问。比如写醉酒，三个醉酒人物广为流传，一是贾府家人焦大醉骂宁国府“肮脏事”，二是刘姥姥醉酒误入怡红院，三是史湘云醉眠芍药裀。前两个人物在《红楼梦》里属于非主流但有趣味的小人物。小人物是指社会身份，小人物作用不小。在《红楼梦》的整个结构里，这两场戏看似脱离主角和主体，是闲笔，其实必不可少。一是节奏的需要，形成整部小说叙事小高潮；二是取景框的需要，用细小的人物把荣宁二府上层庭院生活向外向下铺陈。前两个醉酒人物是老年、底层人物，史湘云醉眠芍药裀时还是少女一枚。写年轻女性是曹雪芹的拿手好戏。比如写史湘云醉酒，曹雪芹准确地抓住了史湘云的性格特征，即豪爽、娇憨、天真。《红楼梦》里论豪爽做派人物，也有不少，比如心狠手辣的凤辣子王熙凤，比如心比天高命比纸薄的晴雯，比如出身偏房精明能干的贾探春。与王熙凤等不同，史湘云的豪爽，主要是天真、活泼、开朗、可爱，用现在的语言，是“萌宠”。在一打还多的贵族小姐群芳谱里，论出身，来自金陵史家的史湘云可以说是“最贵族”。“贾不假，白玉为堂金作马；阿房宫，三百里，住不下金陵一个史；东海缺少白玉床，龙王来请金陵王；丰年好大雪，珍珠如土金如铁。”这是林黛玉过去的家教贾雨村依靠贾家补授了应天府知府一职后，门子给他呈上的“护官符”。出现在全书第四回。写四大家族的这四句顺口溜，贾家也好，王家也好，薛家也好，都在炫富，当然富贵历来不分家。唯独说到史家，用了“阿房宫”这样巨大隆重的比喻。阿房宫是秦始皇的皇宫，地位之尊贵不言而喻。史家到底什么来历，担得起这样的比喻？四大家族，排在第一位的贾家是开国元勋，因为先祖武功卓著封了公爵，贾元春进宫后，成为泛意义上的皇亲国戚，自然贵不可比。排在第三的王家是武官出身，有爵位，也有钱。排在第四的薛家是真正意义上的大商人出身，看宝钗和薛夫人在贾府居住时的大方气派，便知“不差钱”。薛家差的是“贵”，所以宝钗先是想选秀进宫，后来想嫁给贾府宝玉，这背后都是改换门庭的热望。有红学家研究后说林黛玉斗不过薛宝钗，是因为缺乏世俗生活经验。这当然不确切。宝玉娶宝钗，是贾家和薛家的选择。林黛玉斗不过薛宝钗，是因为林黛玉背后的林家已经没人没钱没权了。所以老太太作为林黛玉的外祖母，叹息了好几次，说一个女孩子不应该胡思乱想。这个胡思乱想，是“非分之想”。老太太的这个心思，贾元春了解，所以端午节众姐妹赏仪中，只有宝玉和宝钗高出他人。这便是曹雪芹的高明，看起来写你侬我侬，其实都是皮里阳秋，背后是政治经济暗涌。

四大家族中，史家是唯一的文官出身，史家也是贾府最高权威老太太的娘家。史湘云到贾府时，正是史家“一门双侯”极盛时期。过去也有红学家因此认为，曹雪芹写史湘云，乃一箭双雕，实则是在写青春版的老太太。

史家虽贵但经济状况不好，从史家和史湘云的拮据在小说里屡屡被拿来说事，可知贾家也不会选择史家。曹雪芹写“金陵十二钗”，个个不重样，个个有人设，有精妙、贴切、令人难忘的细节。比如史湘云，一见贾宝玉就是“爱（二）哥哥”，这个口音是史湘云的人设，写出了史湘云的大大咧咧、不拘小节。史湘云虽不是女主角，却受到包括贾母在内的荣宁二府官方和民间共同喜爱，不完全是因为史家的背景，也有史湘云的聪明在内。同样来自四大家族，史湘云对于贾家的公子不动“非分之想”，让贾家和薛家上下放松。《红楼梦》第六十二回，在贾宝玉的生日宴会上，心无芥蒂的史湘云嚷嚷着要酒喝，结果一喝就醉，醉后卧眠芍药裀，成就的是童话式的快乐。书里书外，史湘云都是凭着人设，打下了“最受欢迎”的江山。

同样出身于书香门第的李易安比史湘云幸运，在家有父母恩宠，十八岁嫁入门第显赫的赵家，与丈夫赵明诚举案齐眉、志趣相投。如果按这个逻辑走下去，李易安或许会成为第二个晏殊，轻松的日子会写出丰赡华美的词句。“三杯两盏淡酒，怎敌他、晚来风急”，写的是气候，说的是时代和个人遭际。这个急风便是“靖康之变”，北宋政权彻底垮台。赵家是皇家宗室，南宋新政权搬到南京和杭州，赵氏家族大多南渡。原本与妻子“屏居乡里”、专心精研金石之学的赵明诚，接到母亲在南京病逝的消息，于公于私，自此南下。这是李易安第二次与丈夫分离。第一次分离是婚后第四年，李父被打成元祐党后，嫁给宗室的李易安被禁止继续同居，只好独自投奔先前被遣归的父母。

加上后来养老的金华，全国现有四个清照纪念馆，一处是章丘娘家，一处是青州夫家，一处在济南——济南虽近李易安还真不曾在此居住，一处在金华。章丘明水是李易安出生和成长的故乡，两首《如梦令》书写的欢愉情形，应该都发生在此。前两年，我特意找了个机会去章丘，看清照园。规模巨大是第一印象，是个没有院墙的城市公园，练摊儿的，打太极拳的，像我这样慕名而来的，都有。其中就有海棠轩，著名的百脉泉在其东南。在章丘，还看到了章丘博物馆长廊里的李格非画像，清秀，俊朗，文质彬彬，这当然是后世画家的艺术想象。李清照本人倒有一幅据说是当时留下的画像，藏在故宫博物院。后一年去了趟青州，认认真真地看了博物馆，爬了驼山，看了石窟，逛了范公亭，甚至也听了齐王的故事，但是，忘了李易安和归来堂。大观元年（1107）后，李易安与赵明诚在青州居住十三年，以“归来堂”命名书房，“易安居士”一号由此而来。李易安三十一岁那年生日，正在青州，也是你侬我侬，据说赵明诚在画像上题写了“易安居士三十一岁之照”十个字，不过瘾，又写下捧妻诗一首：“佳丽其词，端庄其品，归去来兮，真堪偕隐。”从十八岁出嫁，到四十五岁夫亡，李易安与赵明诚在一起二十七年，其间，由于客观原因数度分分合合。青州时期大概是最美好的时期，留下了“东篱把酒黄昏后，有暗香盈袖。莫道不消魂，帘卷西风，人比黄花瘦”“夜来沉醉卸妆迟，梅萼插残枝。酒醒熏破春睡，梦远不成归”等缠绵词句。用酒和花佐词，书写思情别意，善用通感，意象奇妙，清丽明快，这是李易安前期婉约词的特点，大多成稿于生活富足安逸之际。李易安这个时期的婉约，是艺术审美的婉约。

隐，在乱时就是奢望。金兵破青州城后，李易安带着十五车金石书画收藏，仓皇、辛苦逃命。许多物品一路走，一路遗失。

章丘养育的诗词才华，在开封绽放、扬名。十八岁前，李易安离开自小生活的章丘，去当时的首都开封，与在此做官的父亲团聚。在开封，她嫁给了赵明诚。

李易安的一生过得跌宕起伏、悬念百出。赵明诚去世三年后，四十九岁的李易安再嫁，嫁给军中小吏张汝舟。同年离婚。大概因为张汝舟寂寂无名，关于他的信息记载很少，连生卒年都不详。能够确证有此事的恰是李易安的亲笔信。第二次婚姻前后维系不过数月，历时短暂，还因向官府举报丈夫，循例被系入狱九天，因赵明诚表弟綦密礼施救出狱。戏剧性太强。才女落难，美人迟暮，大概不愿看到这种晚景凄凉，李易安的第二次婚姻长期被学界质疑。后人的主要纠结是李易安会不会二嫁、该不该二嫁。但南宋赵彦卫撰写的《云麓漫钞》中存有李易安《投内翰綦公（崈礼）启》一信，信中，李易安对綦崈礼出面解救其牢狱之苦表示感谢。赵彦卫，以学识好见称，笔记体著作《云麓漫钞》在史学界素有口碑，被《四库全书》收录，1996年，中华书局出了排印本。所以，我选择相信《云麓漫钞》。

现在大家都盛赞李易安的第一次婚姻，的确，门当户对，志同道合，王子公主，理应美满幸福。实际生活肯定不会完美无缺，这才有后来李易安轻信张汝舟一事。一个女人对前一段婚姻最大的批判，大概就是改嫁了。有人说为生计所迫，这是胡扯。张汝舟区区小吏，哪有什么经济能力！李易安是瘦死的骆驼比马大，维持生存没有问题。只有一个理由可以解释：孤独。李赵婚姻看起来像今天的童话，但在一千多年前的中国传统社会，一个没有孩子，娘家还有“政治问题”的女人，与丈夫以及丈夫家族的关系，其实很不容易相处。这个丈夫，还是个天生公子哥，先是严重缺乏家庭责任感，后在与金兵对峙中临阵逃跑，丧失大体、大义。知识分子的李易安，既无面子，也无里子，内心的孤独由来已久。与北方公子哥出身的赵明诚比，南方小生张汝舟应该更殷勤、更体贴、更接地气。在李易安动荡不安、辛苦逃亡的羁旅中，张汝舟送去了温暖。今天，包括当时，人们都认为张汝舟动机不纯，李易安上当受骗了。李易安不是上当受骗了，而是想得简单了。一旦结婚，进入具体生活，文化差异包括成长背景差异产生的矛盾必然难解。一度曾被张汝舟吸引的李易安，迅速冷静下来，不惜一切代价，及时止损。这才是李易安的过人之处。

文学创作言志抒怀，是真实经验加合理想象。在沈园，唐琬远远看见陆游，让用人送去一坛黄縢酒。黄縢酒大概就是今天的花雕黄酒。不期邂逅再婚的前妻唐琬，伤心欲绝的陆游，一气写下著名的《钗头凤》。“东风恶，欢情薄”，是对陆母棒打鸳鸯的控诉。这就是南宋绍兴地界发生的事。陆游和唐琬也没有孩子。让我想起李易安。

“应是绿肥红瘦”，似乎一语成谶了。

早年看到这首词，只觉得异常好，单一个“肥”和“瘦”，就写活了花叶不正常的形态，确非高手不能为。某年，入夏前，阳台上的四季海棠蓬蓬勃勃地开了一拨又一拨。一高兴，多奖赏几遍水，结果，红花落尽，阔大的绿叶撑满了瓷盆，第二年的春天来了，还是绿肥红瘦，直到变成“罗马生菜”。盆栽的海棠不好养，因为正根海棠是多年生木本植物，根扎得深，需要长在庭院里。少女李易安偏头看见的窗外海棠，不知道是不是西府海棠？植物学家曹雪芹对海棠的偏爱溢于言表，前前后后多次写到海棠，写了西府海棠，又写秋海棠。海棠结社时吟咏的白海棠叫秋海棠，贾宝玉住的怡红院栽的是西府海棠，西府海棠又叫女人棠。秋海棠是多年生草本植物，可以盆栽，与西府海棠不是一科，虽然都叫海棠。

花通人性。养花的人都有这个经验。西府海棠从打花苞到完全绽放，要经历血红、粉红、粉白三个时期，似霞似云，就像一个女人由风华正茂到容颜老去的一生。赵明诚死后，李易安在《好事近·风定落花深》里又写到海棠花。“风定落花深，帘外拥红堆雪。长记海棠开后，正伤春时节。　　酒阑歌罢玉尊空，青缸暗明灭。魂梦不堪幽怨，更一声啼鴂”，借酒言愁，是诗人的伤春自况。

美丽的西府海棠，属于中国独有植物，适合生长在中国北方干燥地区。还记得周恩来和邓颖超生活了二十六年的西花厅，就一直种着男主人最喜欢的西府海棠。前几年，一部根据周秉德《我的伯父周恩来》改编的电视连续剧，取名《海棠依旧》。

紫樱桃熟麦风凉

人在不同的年龄段，对情感的理解和需求不一样。对应到阅读，哪怕是对同一作者同一作品表达的同一种情绪，在不同的心境下阅读，也会有不同的体悟甚至好恶。

比如在姜夔的诸多诗词中，我曾经最喜欢《暗香》《疏影》。一方面，因为“梅边吹笛”“翠禽小小”之类的意象或意境确实清空骚雅，非匠心妙思不可得；另一方面，年少气盛时喜欢“有难度的阅读”，而《暗香》《疏影》，无论意象，还是造境，都层出不穷，丰富、多义、朦胧。不过，这两首词虽然名气大，后世也有评论表示不以为然。大概是对诗词家这种刻意求新路数的不赞同。

姜夔是诗词“双枪手”，与范成大、杨万里往来密切，创作理念也相近，属于后期江西诗派的干将。唐诗创作是高峰，宋人站在前人的肩膀上总想出新，这就有了以黄庭坚为代表的江西诗派的出现。江西诗派总的特点是法度森严，追求“无一字无来处”，又重“拗折”，不走寻常路。但是，从《诗经》开始，诗歌创作的初心就是“言志抒情”“吾手写吾心”，过度刻意的形式追求，头巾气太浓，往往也会损害诗心和诗意，所谓“不达”也。形式上的刻意，切断了诗歌与鲜活的生命、生活日常的关系。这大概也是江西诗派虽然勤奋用功，但流传并不广的原因。

诗词“双重”的姜夔，曾经引诗济词，把江西诗派的创作理念部分地带入词中。《暗香》《疏影》就属于这一类创作。今天看来，《暗香》《疏影》二词的价值在于，从此“暗香”“疏影”不仅指代梅花，也开始用作词牌。“暗香”“疏影”指代梅花，出自林和靖。林和靖在《山园小梅》中有“疏影横斜水清浅，暗香浮动月黄昏”的句子。姜夔借来“暗香”“疏影”，自度曲，创立新词牌，最初是因为同时代另一个诗人范成大手植的梅花。当官当得风生水起、写诗写得意趣横生的范成大，退休回到家乡苏州后，在太湖边的石湖买园、种梅。一时间，石湖别墅成为各界名流特别是文艺界频繁往来的处所。诗文往来酬唱中，便有了姜夔和《暗香》《疏影》。

梅兰竹菊“四君子”，梅花列在首位。傲霜斗雪的梅花寄托了中国人的集体意识。苏州文人墨客多，一直有种梅习俗。直到今天，苏州的香雪海还是出了名的赏梅好去处。范成大当年在石湖，不仅手植梅花，还将栽培经验和关于梅花品种的认识编写成《范村梅谱》。这本梅谱流传很广，诗人还因此获得“梅花审美集大成者”之誉。作为田园诗人的范成大，代表作《四时田园杂兴六十首》也写于此间。其中，广为人知的“梅子金黄杏子肥，麦花雪白菜花稀。日长篱落无人过，惟有蜻蜓蛱蝶飞”，是第二十五首。显然，这组诗有别于诗人早年师承的江西诗派，语言看似平易，其实情怀别致，由“绚烂归于平淡”，似乎更接近中晚唐诗风。诗人晚年诗风改变，与阅历和情绪有关。北宋末年南宋初年，战争频仍，社会动荡，“主降派”把持朝纲，宦途风险越来越大。范成大早年出仕，做过多年地方长官，对于社会政治有深刻体察，面对各种矛盾，渐生厌倦之心。《四时田园杂兴六十首》写自然风光和农家生活，既不同于辛弃疾“最喜小儿无赖”抒情主体依旧强大，也不同于苏轼对于各种自然风物的开放式审美，换个视角，不写梅花、杏花，而写梅子、杏子；不写麦穗、菜苗，而写麦花、菜花；不写人，而写蜻蜓、蛱蝶。诗人似乎要借其间流露的恬淡、生趣和归隐气息，与过去的宦游生活做个切割。曾经沧海难为水，范成大的归隐，与陶渊明结庐桑落洲，还是有明显差别的。陶渊明的“隐”，是性格和气质所致；范成大的“隐”，是经历和现状所致。所以，如果细心读《四时田园杂兴六十首》，隐隐约约，能读出悲观寂寥。

石湖种梅的园子今已无迹可寻，明代为纪念范成大在行春桥畔修建的范文穆公祠，倒是可以进去看一看，里面有范成大手书《四时田园杂兴六十首》的碑刻。苏州旧称姑苏，姑苏范氏是名门，光宋代就出了范仲淹和范成大两大文豪。苏州的博山，还有一个范公祠，用来纪念另一个范公范仲淹。提起范仲淹，想起报社的老总编范敬宜。范总编是旧式文人，没有架子，大家都叫他老范。老范是范仲淹第二十八世孙，诗书画都有一定的造诣。刚工作的头几年，拿大样时经常会看见范总编用蝇头小楷作的批改。

学而优则仕。范仲淹和范成大在他们的时代，虽然因诗文而名，其实最好的年华都献给了行政事务。这是当时知识分子的正差。吟诗作文，倒真是副业。辩证地看世间万物，就能看出其间无所不在的普遍联系。比如，当官差，表面上是耽误了吟诗作文，但以两个范公为例，他们在当时包括后世能够获得一呼百应和持续广泛的认同，诗文好固然是必不可少的前提，但也与他们的政声和名声不无关系。

当官差，有时候会成就吟诗作文，有时候也会毁了吟诗作文。以今人唾弃的秦桧为例。出身小官吏的秦桧还是有点才学的，至少书法和文章不错。在南宋初年，秦桧曾经做到参政知事的位置。但是，在北方少数民族入侵中原之际，秦桧不仅力主投降，而且陷害忠良，留下历史骂名。因为政声不好，秦桧的书法和文名也基本不传。“仁义礼智信忠孝”是儒家文化的核心，后来缩略为“忠孝节义”。忠以及孝，被提升到更加重要的位置。古人死后有谥号“忠国公”，活着被“举孝廉”，都是官方和主流舆论对忠以及孝的奖掖和主张。忠孝失节者，不仅“永不录用”，其诗书文往往也受“株连”，收藏界会退避三尺。当然，这个忠孝节义，主要指大的原则，比如是否出卖国家和民族利益。20世纪90年代初，郑孝胥的书法作品出现在国内拍卖市场，引起轩然大波。担任过伪满洲国“总理”的郑孝胥是坐实了的汉奸。记得当时立刻有人写文章主张流拍，并提出应立法禁止这类作品进入拍卖行。也就是说，直接从市场入口扼住其流通。这类主张如今不大有人提了。近几年，在香港、上海举行的拍卖会上，汪精卫、陈璧君的书法作品甚至受到买家追捧，拍出了“天价”。世风变了。不管拍卖界风向如何流动，对于收藏者来说，收藏政治有污点、大节犯过错误的艺术家的作品，理论上还是充满了风险。这里面牵涉主流评价标准，特别是后世评价标准问题。

以汉字书写为例。书写曾是古人的基本功，公文信函、碑刻铭文，日常性的、非日常性的，都要用到书写。西安碑林博物馆收藏的大量碑刻里，有名碑如《曹全碑》，也有名不见经传者的碑文。我是书法外行，站在这些碑刻面前，也会被其间的各种美妙打动。碑林陈列的民间碑刻，是民间语文，内藏丰富的信息。书写内容值得研究，书写也漂亮，几乎都是严谨细致的蝇头小楷。因为科举考试的存在，被选拔到重要位置的文官，多少有点诗书文功底。近来有人为科举制度辩护，认为这是统治阶级选拔人才的一个相对成熟公正的制度，有利于“士”作为一个阶层向上流动。这个观点不是没有道理。科举考试是强大动力。科举制度纵有万般弊病，但对于诗书文的硬性要求，也是中国诗书文传统承传有序的重要原因。

至于我，对《暗香》《疏影》的偏爱，只有很短时间。随着年岁增长，反倒是越来越喜欢诗词家的四首《鹧鸪天》。这四首分别是《鹧鸪天·正月十一日观灯》《鹧鸪天·元夕不出》《鹧鸪天·元夕有所梦》《鹧鸪天·十六夜出》。四首都是写元宵观灯，按时间的顺序连起来看，从正月十一写到正月十六，极像电视连续剧，有人物，有情节，有起承转合，还有悲欢离合。比较起来，以《鹧鸪天·元夕有所梦》为题的这篇，文辞最出色，情感最痛切。“肥水东流无尽期。当初不合种相思。梦中未比丹青见，暗里忽惊山鸟啼。　春未绿，鬓先丝。人间别久不成悲。谁教岁岁红莲夜，两处沉吟各自知。”描景，忆旧，抒情，没有一字不好，没有一句多余，通过赋比兴生发感动，清晰，明朗，浑然天成，句句有味。当然，其他三首《鹧鸪天》也不错，是铺垫和补叙。“少年情事老来悲”“而今正是欢游夕，却怕春寒自掩扉”“东风历历红楼下，谁识三生杜牧之”，这些优美动人的词句，均出自这三首。从十五日的“却怕春寒自掩扉”，到十六日里的“欢正好，夜何其。明朝春过小桃枝。鼓声渐远游人散，惆怅归来有月知”，孤独、悲伤、无奈，旋律流畅清朗。从传播的角度来看，因为有很强的叙事逻辑，四首《鹧鸪天》比《暗香》《疏影》好读、好记。

姜夔的词典雅内敛，音乐性强，比其诗歌更具可识别性。四首《鹧鸪天》的调门都偏低，唯独这句“明朝春过小桃枝”，一个“小”，轻快、俏皮，富有形象感，尤其让人喜欢。从今夜到明朝，春天的气息掠过桃枝，桃花又将盛开。一念至此，不禁想起唐代崔护的《题都城南庄》。“去年今日此门中，人面桃花相映红。人面不知何处去，桃花依旧笑春风。”物是人非，悲伤莫过于此。姜夔的高明，恰在于情绪收放有度。

好的诗词，可以“摘句”，可以“寻章”，是“有物”之作。这个“物”，可以是创作主体，也可以是“他”“她”“它”。这个“他”“她”“它”，可以是人，也可以是青蛙或稻谷。总而言之，好的诗词通常有生动可感的形象，是及物之作。情感和情绪越具体，越容易流传。叶嘉莹先生在《唐宋词十七讲》第十三讲中对姜夔写元宵节的四首《鹧鸪天》做细致赏析时，指出姜夔的诗词里有一个合肥女子。这个合肥女子让姜夔的诗词一下子就生动具体起来。经好事者考证，这个合肥女子不是文学杜撰，而是实有其人。

根据《水经注》记载，合肥是古地名，因施水（今南淝河）和肥水（今东淝河）夏季河水暴涨在此汇合得名。汉武帝元狩元年（前122），合肥设县。南宋绍兴十年（1140），合肥被金国占领。绍兴十一年（1141）底，在秦桧等“主和派”的力主下，南宋与北方金国签订绍兴和议。南宋放弃淮河以北地区，双方以淮河至大散关为界。淮河以南的合肥回到了宋。姜夔旅居合肥，大概也是这个时期。在古城合肥，姜夔邂逅了心仪的女子——也有说是两姐妹，产生了刻骨铭心的感情。郎有情，妾有意，一个未婚，一个待嫁，似乎应是花好月圆。然而，元宵节，月圆之日，两人分别。自此，便是诗词家笔下绵绵无绝期的悲伤思念。合肥女子也从诗词家的文字走进了中国文学史。

不幸的故事都有不幸的原因。这对相爱的人不能在一起，经济原因或许是主要原因。传说中，合肥女子是教坊歌女，虽然不知详情，想来经济状况也不会太好。而姜夔，少年丧父，家境贫寒，科考屡试不中，无恒产，无经济来源，日常生活基本靠朋友救济和卖字维系。生存是最大的政治。纵然才高八斗，纵然有情有爱，以“吟诗作文”为主业的姜夔，不具备娶妻成家的能力。由“梦中未比丹青见”一句可见，姜夔的手边一直收藏着爱人的画像。一年一度元宵夜，诗人感时伤怀，写下四首《鹧鸪天》。爱情被残酷而强大的现实打败。合肥女子别后也另有所嫁。姜夔后来是在诗人萧德藻的照拂下，娶其侄女为妻，才有了家庭。并经萧德藻介绍认识杨万里，又经杨万里介绍认识退隐石湖的范成大。

“肥水东流无尽期。当时不合种相思。”开篇点题，肥水出了名，合肥女子也出名了。文字的好处，是可以驰骋想象。借由诗人的文字，我们想象一下这个合肥女子，大体可以肯定这个女子不仅容貌美，品性也应不错，唯如此，依据中国传统审美标准，才能称得上佳人。才子和佳人，这段感情才会被审美，被祝福，被传颂。事实也如此。在姜夔现存的诗词里，合肥女子美好的身影，伴随这段刻骨铭心的情感，隐伏其间。诗人多情，自来不稀罕，但像姜夔这般专情又深情者，即便搁在感情生活相对文明的今天，也显示了人性的高级和高贵，何况在一夫多妻制的古代社会。“虽不能至，心向往之”，姜夔与合肥女子的传说，林和靖与梅妻鹤子的传奇，在正统评价体系里，都是加分项。

文学是人学，直抒胸臆是诗词本色。欧阳修以下，包括欧阳修在内，柳永、苏轼、李清照、辛弃疾，虽然分属豪放和婉约两种风格，但细数下来，他们的代表作以及流传广、共情力强的作品，基本上都与人和情有关。柳永、李清照这类词句较多，不去说了。直男如苏轼、陆游，也不例外。“转朱阁，低绮户，照无眠。不应有恨，何事长向别时圆？人有悲欢离合，月有阴晴圆缺，此事古难全。但愿人长久，千里共婵娟。”苏轼这首百转千回的《水调歌头》，是因思念弟弟苏辙而作，因为情感深挚，意境空灵，所以有这样的说法：“中秋词，自东坡《水调歌头》一出，余词尽废。”就连被批评诗风“粗放”的陆游，因为一首痛彻人心的《钗头凤》，直接改观个人形象。

不过，同样是写情志爱，自号“柳三变”的柳永就没有这么幸运了。花间词和柳永的词都被正统学派盖上了“艳词”一戳。先说柳永。如果不看评论，不是出于偏见，我们今天读宋词，谈宋词，恐怕都绕不开柳永。柳永对于宋词的贡献是建设性的贡献。宋词与唐诗比肩而立，是后来的事。起初，词只是歌的副产品。至少在柳永之前，哪怕是由文人出手、颇具规模气象的《花间集》，也只有小令和中调两种体式。小令最长五十八字，简短，简单，词牌少。中调长点儿，最长也只有九十字。到了“忍把浮名，换了浅斟低唱”的柳永，尽管出身官宦人家，却终身致力于创作“不登大雅之堂”的词。作为文体家，柳永对于词的本体建设主要体现在两方面：一是改革词的声腔结构，新创用一百多个词牌。好的词家，必须是音乐家。柳永深谙音律，自创词调，成为两宋词坛创立词牌最多的词家。众所周知的《雨霖铃》《八声甘州》等，都出自其手。二是提倡慢词写作。柳永对于词的本体建设，最突出的贡献还是力主慢词写作。慢词节奏相对舒缓，多用长调，词的容量和表现力获得极大的拓展。在柳永提倡慢词写作之前，小令体式一统天下。容量决定写法，许多题材因此无法入词。柳永引汉赋铺陈写法入词，描景、叙事、抒情，既有理论，又有实践，词的丰富性和层次感得到提升。从小令、中调到慢词、长调，宋词逐渐独立，成长为具有审美特质的文体，词的局面和地位才有历史性的改观。

诗也好，词也好，可以“咏流传”的作品，通常需要达雅兼备。“达”，既是路径，也是目的，好理解。“雅”即正。在孔子口中，不雅的代表是“郑声”。所以，孔子会说《韶》“尽美矣，又尽善也”；《武》“尽美矣，未尽善也”；又说，“放郑声，远佞人；郑声淫，佞人殆”。雅正，作为一个词，今天可能更偏重其美学内涵，但如果追溯词源，会发现雅正在早期至少是在孔子的时代，道德伦理维度的权重远远大于美学维度。从道德伦理维度，提出雅正和善的关系，和中庸之道的关系。与雅相对的是淫，淫即泛滥、过头。泛滥或过头，也是中庸的对立面，不被孔孟为代表的儒家清流推赏。善和中庸，共同形成雅正趣味。这种趣味是中华美学的一个基本内涵，对整个东方美学比如韩国和日本，都有不小影响。具体到真、善、美这三个要素，也可以发现，西方其实更注重真和美的关系，在绘画和文学创作里，这种倾向比较突出。而东方则注重善和美的关系，会有写意和造境。注重善和美的关系的雅正趣味，由思想家和哲学家首倡，由文艺实践佐证、跟进。《诗经》就是一例。相传《诗经》也由孔子编订。《诗经》在体例上有“大雅”“小雅”不说，“思无邪”成为“诗三百”高举的编选原则。《诗经》以下，在以雅正为标准的正统评价体系里，各个历史时期的文学实践会自动对标。

以诗为例，李白、杜甫、白居易三座高峰自不待言，“惊天地”“泣鬼神”，语言晓畅，主题鲜明，形象生动，是为妙手天成。以词为例，苏轼、辛弃疾的大开大合也好，欧阳修、李清照的细致绵密也好，都是“要眇宜修”之典范。这些诗词家和他们的诗词应该都位于诗词审美链条的顶端。位于顶端的作品，达和雅这两个要素缺一不可。否则，只能放在链条的底端。

从这个角度入手，许多曾经的困惑似乎可以找到答案了。比如关于花间词以及柳永的评价问题。

作为最早的一部文人词结集，《花间集》以及花间词派虽然被北宋词人奉为正宗，但文学史上对其评价并不是很高。原因很多。最关键的原因，恐怕还是花间词派的词风及趣味，如果用“雅正”对标，不占优势。花间词派以温庭筠、韦庄为代表，聚焦书斋生活和女性题材，忆旧人，述相思，对女子的服饰和容颜进行铺陈和渲染，唤醒感官感受。所谓“郑声乱雅”，过犹不及。所以，晚唐及五代以小令为主的词，是不能登大雅之堂的。这也就是作为北宋文坛领袖的欧阳修，即便词写得很好，但在他自己的价值序列里，词会排在文章后面的真实原因。

文学也是江湖。有江湖的地方，就有主持江湖的人，就有话语权，就有评价标准。同样都写男女情感，同样都精通音律，同样都风流倜傥，在诗词界，对于姜夔的正面评价要远多于柳永。这是以“雅正”为标准的主流评价体系的自觉扬弃。事实上，如果具体到柳永和姜夔这两个人，出身官宦之家的柳永，家世背景要远比姜夔好，似乎更有理由“雅”，而不是“俗”。所谓的雅俗之别，在此可能更多的是含蓄内敛与大胆直白的区别。

性格决定命运，生性自由大胆的柳永，在个人生活和诗词创作上，同样自由大胆，敢于创新。北宋开市以后，新兴市民阶层成长起来，市民的生活方式、情感和情绪、趣味和爱好，有别于其他任何阶层。这些变化被柳永敏感地捕捉到，并作为新的题材，引入词作。在对词的体式加以变革的同时，柳永对于词的内容和题材也进行了大胆改革，一反花间词派围绕书斋生活或文人趣味打转转，大胆引市井生活和男女情爱入词。柳永这一改革，被评价为“将词俗化”。这个“俗”化，语言的通俗倒在其次，主要体现为内容的平俗化和题材的世俗性。对于词的发展做出历史性贡献的柳永，后世对他的评价却有保留，原因就在于他在词界开展的这次题材和趣味的“革命”。相反，对于姜夔的评价，恰恰是“将词雅化”。“将词俗化”的柳永在正统派眼里，自然就不及“将词雅化”的姜夔了。

欧阳修的文章好，从容裕如，达雅兼得。一轮到诗词写作，往往就被所谓用典用韵的规范绊倒。“黄栗留鸣桑葚美，紫樱桃熟麦风凉。朱轮昔愧无遗爱，白首重来似故乡。”汝阴即今阜阳，欧阳修担任颍州太守时，汝阴在颍州治下。这首《再至汝阴》，看似白话，其实极“拗折”。黄栗留对紫樱桃，桑葚对麦风，美对凉。这样断句就好读了。但又有多少人知道黄栗留是黄鹂鸟，把这三字连起来读？又有几个人知道“朱轮”是指诗人自己？用典如此，雅是雅了，距离达，还是有距离的。

还有一个小贴士。我也是刚刚知道。原来，樱桃花是单瓣儿，樱花是复瓣儿。复瓣儿的樱花用来审美。单瓣儿，既开花又结果，果可食用，花通常是白色。作家李洱有本书叫《石榴树上结樱桃》，我总是记成《樱桃树下结柿子》。四幕喜剧《樱桃园》是契诃夫最好的作品，北京人艺上演过林兆华版，也曾上演过俄罗斯莫斯科高尔基模范艺术剧院版，两相对比，差距还是挺大的。

正见榴花出短垣

古今写榴花，最出名者当数韩愈。“五月榴花照眼明，枝间时见子初成。可怜此地无车马，颠倒青苔落绛英”，是韩愈《题张十一旅舍三咏榴花》中流传较广的几句。特别是“五月榴花照眼明”，几乎成为榴花的广告语，被到处引用。

古人的五月大多指农历五月，相当于今人历法的六七月。古人的“可怜”，不是悲叹，而是喜爱，如白居易的“可怜九月初三夜，露似真珠月似弓”。榴花盛开，叶绿花更红，“五月榴花照眼明”容易理解。植物大多先开花后结果，花果不相见。但石榴特殊，一年开三次花结三轮果，花果免不了会在某个时间碰头，“枝间时见子初成”。也正因为花繁、子多、汁水丰沃，在东西方民间话语里，石榴一直被视为繁衍能力强大者。波斯女神安娜希塔手执石榴，象征丰收。在中国，稍稍留意，就会发现许多寺庙的送子观音面前摆放的供品，一是苹果，二是石榴。苹果取其谐音，寓指“平平安安”；石榴寓指“多子多孙”。中国是传统农耕社会，在农业生产基本依靠人力的背景条件下，“多子多孙”意味着生存发展，对“多子多孙”的向往根深蒂固。苹果和石榴保鲜期相对较长，也是被当作供品的一个原因。作为供品的石榴，其实是一千多年前老祖宗通过交流引进中原的外来物种。

中国历史悠久，幅员广大，物种的丰富性和多样性可想而知。历史悠久是丰富性的必要条件。在漫长的时间推移中，有生命体征的物种不断地生成，也不断地进化、演化以及退化。其间，幅员广大，不同地域之间物种交流迁移，同一地域物种交流嫁接，才会在独特性和本土性的基础上形成多样性。对于人类来说，物种的交流，既是物种进化的需要，也是人类生存的需要。汉唐时期，中央政府不断派遣使者出使其他地域，从政治上说，叫“外交”，目的是安邦固土；从商贸上讲，叫“交换”，目的是互通有无；从文化上说，叫“交流”，目的是拓展认知。在这三大宗旨的前提下，使者每次来回携带的大量物品中，都包含植物种子。它们不是附带品，而是出使的重要成果。农业生产从来都是基础和命脉，不要说一千多年前的汉唐，即便是今天，种子的人工培育和推广依然是核心技术。各国之间贸易战，农产品进出口是重要内容。因此，中小学教材写到文成公主沿唐蕃古道远嫁松赞干布这段历史时，都会写送嫁队伍携带了豪华嫁妆，包括各种珍宝以及茶树、蔬菜在内的植物种子。进藏路途遥远，文成公主一路走，一路教授当地百姓栽培技术。这些种子有的活了，就此安家，甚至被广泛栽种并本土化；有的则没了下文。这些细节也被搬到舞台上表演，有想象成分，但赠送种子这个基本事实不虚。藏王为了稳固政权，进行各种政治联姻。在松赞干布的后宫，除了大唐公主，还有尼泊尔公主和其他藏族部落头领的女儿。面对并不浪漫的现实，文成公主克服了常人难以想象的困难。文成公主虽无子嗣，却能在藏区获得美誉和支持，除了背景强大，也与文成公主自身在政治、文化包括农业生产领域主动作为，让藏区百姓能够由此获益有直接关联。

文成公主远嫁松赞干布，史书的学术名词叫“和亲”。通过婚姻缔结政治联盟，是古今中外通用的做法。哪怕是中国老百姓通过电影熟悉的茜茜公主，也是政治婚姻的牺牲品。在奥地利爱情电影《茜茜公主》里，来自巴伐利亚的茜茜公主和奥地利皇帝弗朗茨的婚姻被塑造成浪漫的爱情童话，事实上，真实历史中的茜茜公主不情愿地嫁给表哥弗朗茨后，成为孤独皇后。汉唐时期，疆域辽阔，边防遥远，北方和西部游牧民族时有觊觎。和亲制度，对于巩固边防、扩大联盟，确实在一定时期内起到积极作用，但“和亲”不是灵丹妙药，有时也无济于事。这里面原因很多。总之，汉唐和亲史，充斥了女性痛苦屈辱的眼泪。闻之泫然欲泣的古琴名曲《胡笳十八拍》，用十八章记录东汉才女蔡文姬的悲惨遭遇。蔡文姬被匈奴兵掳去，为其头领生了两个孩子。最后被曹操用金璧从匈奴赎回，又被嫁给陈留屯田都尉董祀。蔡文姬虽不是和亲制度的牺牲品，但苦难的经历却极为相似。

三年前，偶尔有个机会到甘肃临夏出差，这是东乡族、保安族和回族长期居住的地方。翻过数道山梁后，在沟底，看见文成公主入藏经由的唐蕃古道，只有标准马路单行道的宽度。旁边是自然村，十来户人家，刚刚通上自来水。之前，吃水都是牛车从三十里外的地方拉回来。新修的院子门前种着格桑花，白的、粉的，已经开了。沿着这条古道往南，就是甘南草原，再往西往南，便是青海、西藏。临夏境内的永靖，继续往西，进入著名的河西走廊，也即丝绸之路的要道。

石榴原产于伊朗，就是古安息国，也称安石榴。传说当年张骞出使西域，从安息国带回石榴后，首先在长安城试种。石榴显然适应能力极强，到了唐代，已经在中原大地深深扎下了根。味美，丰产多子，石榴受到百姓的喜爱。翻开唐诗宋词，榴花也处处盛开，成为文人墨客争相歌咏的对象。诗人李白在五言古诗《咏邻女东窗海石榴》里写道："鲁女东窗下，海榴世所稀。珊瑚映绿水，未足比光辉。清香随风发，落日好鸟归。愿为东南枝，低举拂罗衣。无由一攀折，引领望金扉。”这首诗沿袭了李白一贯的风格，主体抒情性强，用典多且不着痕迹，其中，“珊瑚映绿水，未足比光辉”用的是西晋美男潘安即潘岳《安石榴赋》中的一典。潘安曾写《安石榴赋》，内有“似长离之栖邓林，若珊瑚之映绿水”一句，用鲜红的珊瑚在碧水映照下更加出色，来比喻榴花之美艳。显然，李白笔下的海石榴，并非生长在大海里的石榴，而是由“海东”传播到中土的石榴。“海东”，指新罗，即今朝鲜半岛。

据《太平广记》记载，“新罗多海红并海石榴”，可以在《酉阳杂俎》“唐赞皇李德裕尝言：花名中之带海者，悉从海外来”之类表述中得到印证。海红和海石榴都是植物。海红即海棠果，一种酸甜的果实，形似苹果，个头要小许多，颜色像进口蛇果，但皮比蛇果薄，且光滑。三十年前，在兰州第一次见到海棠果，小贩用小皮卡车装满鲜艳的果子在街边售卖。大概从十多年前开始，每到秋天，北京的街面上也会有零星的售卖。长江以南似乎不曾见到。但也有人说海南、云南都有种植。

《酉阳杂俎》是唐代段成式撰写的笔记体小说集，按内容，可分志怪传奇和博物两大类，其中志怪传奇类作品在中国小说史上具有特殊地位，鲁迅的《中国小说史略》指出，它可与其他话本传奇小说“并驱争先”。《太平广记》稍晚，由宋人编撰，是对宋之前各种志怪传奇的一种集纳。这两部虽然是早期小说集，但叙事风格生动鲜明，善于抓细节，描述具有现场感，已经具有现代小说所提倡的刻画能力和再现能力。尤其是对人物心理和表情的描写，准确、精彩，仿佛是生活现场的记录。就阅读兴趣来说，这两本书对于世情风俗的观察和把握，把人物浸在世情风俗中描绘，更让我喜欢和看重。

读书无非两个目的：益智、生趣。虚构也好，非虚构也好，都是这样。益智来自生活现场和历史现场的经验书写。话本小说和志怪传奇既有这些经验信息，或许是为了更加自由地讲述，又以虚构的面目出现。虚构和非虚构界限的模糊，是中国式书写最有趣的一点。这不是能力问题，而是一种创作理念，甚至还是认识世界的方式。除了官家修的正史，各种文字中，史志书写是弱项，大量的历史事实和事件都湮没在时间的长河里，专题性记录包括日常记录稀少。这些因稀少而珍贵的信息，主要集中在各种笔记札记和志怪传奇里面。也因此，就功能而言，我也会把笔记小说和志怪传奇当作“史志”的补充和互文。

志怪传奇的祖宗是《山海经》。由《山海经》而下的志怪传奇，通过各种形式的漫画、特写和拟人化表达，成为人类日常生活的曲折记录，具有独特的魅力。今天的很多知识和情感，往往由此生发和沉淀，比如对于蛇的普遍恐惧、对于野外脚印的无端联想。当然，也不完全是无端联想，其间遗落的信息和连缀的方式都有符码。青岛有个青年作家，最近几年一直致力于搜集与《山海经》有关的海洋生物信息，也写了不少相关文章，甚至还出了几本书。好像科学界和文学界对此大多持肯定态度。我自己就特别喜欢看他在朋友圈晒出的各种古老鱼类图片，其论述严谨，佐证资料也多。他的写作是一种科普写作，通过对古老叙事对象的研究和追溯，在历史和当代的具体物种之间建立联系。建立在理性研究基础上的这种写作，使物种的历史也有迹可循了。这样的研究和写作越多，遥远的过去才有机会和今天共处。这是难得见到的有科普意识的写作。

志怪传奇和话本小说，区别于现代小说，是一种独特的存在。从文言到白话，这种叙事传统没有中断。还是小学生的时候，家里虽然也订了杂志和报纸，但种类有限，且大多是“适龄读物”。于是，把到父母的办公室蹭报纸和杂志读视为乐事。报纸上有连载小说，比如《一双绣花鞋》之类“反特”小说，尤其受欢迎。当时所谓的“反特”小说，从写作的角度看，完全沿用话本小说的路数，走通俗路线，悬疑、志怪掺杂其间。还有一本小开本刊物《故事会》也值得纪念。薄薄的一小册，五六个故事，鬼怪、武侠、侦探、世情，各种类型，有点日本小说的味道，又是中国式的表达，一度影响特别大，是上海文艺出版社旗下的刊物。前几天碰到出版界的朋友，还谈论了很久。《故事会》的写法，就是笔记小说和志怪传奇的结合，加上戏剧悬疑元素。因为人物形象亲切、饱满，语言通俗、晓白，体现了市井生活的趣味，共情力和感染力强，传播影响自然就很大，销量一直都不错。20世纪80年代，还见过一本类似风格的杂志，叫《今古传奇》。好像是湖北出版的。湖北还有一本《知音》，也是走通俗路线，但更注重励志和情感题材，也曾是杂志销售市场熠熠生辉的明星。近二十年，《今古传奇》之类杂志有了劲敌，这就是网络文学。网络文学被看作“异军突起”，其实并非新贵，基本是志怪传奇言情武侠的加长版和升级版。通俗化是网络文学的制胜法宝，就连作者取名也都充满了口头文学的特点，比如“我吃西红柿”“唐家三少”，等等。

人也好，物也好，在交流传播过程中，取名也能见出始末端倪。比如，除了“海”以外，“番”这个字有好几个意思，其中一个，也是指外国或外族，比如番邦、番人。汉语里带“番”的植物，“番茄”“番瓜”“番薯”之类，基本都是汉唐以来经由丝绸之路，从中国之外的地域交流到中国并移栽成功的。这些植物不仅活了下来，有的甚至得到大规模推广，成为国人餐桌上的常客。年代久了，如果不是名字提醒，大概没有人会想起它们的洋血统。植物虽然本身不会移动，但在风的助力下，一颗种子甚至能飞越太平洋。人的助力就更不用说了。从这个角度来说，植物和它的故乡，很难厘清绝对的关系，只能阶段性地界定了。就像登记造册时，一直要求跟随父亲填写籍贯。这是因循儒家伦理传统。这个要求一度被严重质疑，具体的由来忘了，大概是有政协委员写提案，认为这种要求是对女性的歧视，既不准确，也无意义。后来有人就呼吁把出生地作为籍贯。当然，这个建议法律上没有认可，也就偃旗息鼓了。

植物的籍贯也很复杂。十多年前，还是马英九主政台湾地区，海峡两岸关系比较正常时，去台北公干，待的时间比较久，工余无事逛101诚品书店，买了一本台湾人自己写的攻略。带着它到处打卡，品位可靠，位置又精确。比如打卡了宾馆附近的度小月和西门町的阿宽细面，都是传统小店。度小月的门脸低调到可以忽略不计，我从门前走过去，又走回来，再走过去，还是没有发现。是下午两三点，饭食已卖完，只有糖水。糖水也令人惊艳。若干年后，度小月开到了北京，在CBD万达影城的隔壁，大商场的六楼。总体水平能及格，只是找不到惊艳的感觉。有人告诉我是冒牌。许久没有去，再去，发现换成了烧烤档。终究没有扎下根。西门町的阿宽细面，刀工细致的程度堪比扬州富春茶楼的烫干丝，味道也不错。这两家总体上又好吃又便宜。也是那期间，在台大的门口，打卡了一种叫芭乐的水果，青皮稍显骨感的外形，有点像梨。肉脆，夹细碎果核，咔嚓，咔嚓，大口咬食时，难免会硌一下牙。单论口感，不及同时打卡的另一种叫百香果的热带水果。芭乐这些年在内地比较流行，尤其受女性消费者青睐，据说富含维C。五星级宾馆的自助早餐，芭乐似乎成为标配水果。其实不只台湾，福建的一些地方也有种植，这几年北京的超市也能见到它的倩影。芭乐是台湾叫法，在大陆，还有一个名字，叫番石榴。由此，我甚至认为台湾的芭乐是从福建移种过去的。名字带“番”，籍贯理论上应该是气候温暖的东南亚某地。只是有点想不明白它跟石榴的关系。或许因其细碎的果核像密布的石榴子？户外散养的鸡会找寻碎石子吃，据说是为了磨碎吃进嗉子的食物。果肉含核的吃法毕竟少。这些年，石榴的品种也在改良，从突尼斯引进的软子石榴可以直接咬食，不硌牙，比传统石榴受欢迎。

番石榴不是石榴，海石榴才是石榴。有海石榴，也有山石榴。石榴虽美味多汁，但不能当饭吃。农民最实事求是，水稻、玉米和蔬菜可以果腹救命，栽种在田间畴头，日日侍弄。瓜果虽不是粮食，危急的时候可以“瓜代饭”。可以“瓜代饭”的水果如桃、梨和苹果，种在前庭后院。石榴属于“踵事增华”者，可以提供美味享受，但不能果腹。对于美味享受，有两极待遇，或种在御花园里，或种在偏僻山坡上。御花园绝无仅有，石榴通常是在山坡上安家，一岁三枯荣，山石榴由此得名。汉唐遗落的御花园在陕西临潼。石榴由使者从西域带到长安，献给皇帝，种在临潼。成活后，才分种他处，拓展到中原各地，包括长江沿岸。一千多年来，临潼石榴长盛不衰，其他如安徽怀远石榴也很出色，我小时候过中秋见到的应是这个品种。中秋夜晚供月亮，石榴必不可少。

临潼另一出名的水果是临潼柿子，又叫火晶柿子。我对柿子的感情也由临潼而起。在兰州读书时的第二个国庆节，发了奖学金，与同室好友——用现在的话说叫“闺密”，结伴去西安旅游，住在室友的三姨家。逛城墙，游华清池，看武则天的乾陵和无字碑，一切都很顺当。最后一站是临潼。“荒台野径共跻攀，正见榴花出短垣。”一路榴花，一路小圆柿子飘香。从兵马俑回来的路上，终是没顶住诱惑，从公交车上跳下来，加入购买大军。等到提着两大网兜娇嫩欲滴的柿子心满意足地重新上车，掏钱买票时，钱包不见了。回到西安城时，柿子几乎都破皮流汤了。三姨是西安市特级教师，厨艺也超级好。当晚，三姨用破皮流汤的柿子做了一大盘油渍柿饼。毕竟年少，随着嘴角流油，丢钱的沮丧没了。三十多年过去了，作为历史老师的姨父教我们识别秦砖汉瓦的情形历历在目，油渍柿饼令人吃惊的甜美也始终难忘。

室友是成都姑娘，硕士毕业后与一个喜爱中国戏剧的悉尼小伙子去了澳洲，生了两个儿子，后又回到上海。有一年，她来北京出差，约在国贸三期新开业的星巴克见面。许久不见，熟悉，又陌生。星巴克当时可以定制马克杯，我问要不要画上两只柿子。她很茫然，想了想，说还是不要了吧。

各类水果中，柿子始终是无法拒绝的诱惑，无论软硬。单位大院，沿着南墙种了一排柿子树，我进单位时它们已经是大树和老树了。院里各种植被很多，柿树外形不出挑，平常不大引人注目。北方植物的软肋，是一入秋就开始落叶。到了深秋，特别是初冬，除了个别树种，枝头的绿色很少。柿子树也不例外。曾经在紧挨着单位南墙的那幢筒子楼改造的单元楼住了很久。深秋，树叶几乎落尽，躺在床上，就能看见窗外的柿子，火红，倔强，高挂在秋色里，油画一般鲜明夺目。这样的景致会持续很久，直到大寒。掉到地上的柿果，最终慢慢渗进地里。其间，有那么几年，后勤部门觉得可惜，会在柿子还簇青的时候组织采摘。偶尔，部门也会分到一些。早晨，从小北门进大院上班，武警小战士问吃不吃柿子，是漤熟了的那种，高兴地拿了三个。过后好久才知道，武警班战士总共也就分了一小盆。两年后，武警班换防，再也不曾见到那位英俊的小战士。这些年，挂在树上的柿子禁止采摘，从初秋到深冬，火红的柿子又成为大院的风景。院子里也有石榴树，早年只在南墙下见过，结没结果不曾留意，似乎大半年的时间都在开花。如今，已经延展到西门外了。

“浓绿万枝红一点，动人春色不须多”，是王安石《咏石榴花》中的句子。喜欢榴花的人毕竟多，写榴花的诗人也很多。比较来比较去，对榴花评价最高的可能还是白居易。白居易在《山石榴寄元九》中毫不掩饰，“闲折两枝持在手，细看不似人间有。花中此物似西施，芙蓉芍药皆嫫母”，为褒扬榴花，不惜用类比手法，抑制芙蓉、芍药，把芙蓉、芍药比作恶俗的嫫母，而榴花是仙女，是西施。这还不够，在《喜山石榴花开》一诗中，他热情洋溢地歌颂榴花之坚韧和美好，“忠州州里今日花，庐山山头去时树。已怜根损斩新栽，还喜花开依旧数。赤玉何人少琴轸，红缬谁家合罗裤。但知烂熳恣情开，莫怕南宾桃李妒。”作为诗人的白居易，不愧为爱花和写花狂魔，牡丹、芍药、桐花、紫薇、菊花、杏花等等，都一一被诗人收入笔下，成为文学形象。其中，数牡丹、桃花和榴花写得最多。

与纸上谈兵不同，白居易的特点是不仅会写，还会付诸生产实践，在堂前屋后种植花草。所以对白居易的花草诗，我会抱有特别的好感。与白居易差不多同时代的杜牧也有一首写山石榴的诗："似火山榴映小山，繁中能薄艳中闲。一朵佳人玉钗上，只疑烧却翠云鬟。"用的是比喻和白描。就连朱熹这样的理学家，写到榴花时，也十分动情："窈窕安榴花，乃是西邻树。坠萼可怜人，风吹落幽户。"宋代诗人王义山的《石榴花诗》也十分动人。我自己印象最深的倒是宋末元初王沂孙的《庆清朝·榴花》："玉局歌残，金陵句绝，年年负却熏风。"玉局指苏轼，金陵指王安石，意思是他俩之后，再没有咏榴花的好诗词。整首诗不正面描写榴花，而是借谈古人，进行对比烘托，角度巧，音律也很讲究。

写榴花的诗词，有没有超过苏王二人的不好说。但石榴的品种，比较起从前，改良幅度确实很大。不仅在中原扎根，在南部边陲也有广泛栽种。在滇西，他们甚至还告诉我，但凡在中国其他地域能栽培的植物，在这里都能生长。这话虽然有些夸张，是不是真是这样不好说，但是，物种的丰富性和多样性往往出人意料。前几日，在和顺小镇的桥头，见到一种类似葡萄的深紫色果实，味道也极像熟透了的葡萄，当地人叫“西梅”。不是通常西梅的样子。查了查百度，说是叫“嘉宝果”，又叫“树梅”，一颗一颗地长在高大的树上，十分奇妙。还有一种“树梅”，也是水果，跟这个“树梅”又不是一回事。植物因为不会开口说话，许多变化不容易被发现。“人间四月芳菲尽，山寺桃花始盛开。长恨春归无觅处，不知转入此中来。”说的大概就是这个意思。

七月芙蓉生翠水

诵读古诗词，不能完全依据现代汉语，否则会发现韵辙平仄有时不是那么规范。同样，随着时易物替，解读古诗词也不能完全照搬字面意思。

最典型的是月份。古人的月份是按农历甚至夏历推算。比如《诗经·国风·豳风》里“七月流火，九月授衣”，说的其实是初秋和初冬的事。按夏历也即阴历推算，七月已至夏末，几近初秋，这样的夜晚，天蝎星西沉，天气转凉，所以被记录为“七月流火”，而不是后人误读的“七月热得冒火星”。九月已是初冬，让妇女们着手准备寒衣，故曰“九月授衣”。古人厉害，在没有现代工具和技术辅助的条件下，完全依靠肉眼和体感，对天象岁时进行观察，形成记录。这是人类祖先的宇宙意识。江河奔流，物竞天择，借由这些生动、可感、经验性的历朝历代的文字记录，历史的“自然性”有据可考了。

就说七月。阴历七月，娇艳欲滴的荷花早已盛开，“三秋桂子，十里荷花”，“未发为菡萏，已发为芙蓉”。“出水芙蓉”由此而来，并逐渐演化为对于女性清奇曼妙的赞美。看过三部以《出水芙蓉》为名的电影，两部是美国米高梅影业公司出品，一部是香港导演刘镇伟的作品。印象最深的是米高梅影业公司1944年首映的那部喜剧，一个叫史蒂夫的流行音乐作曲家爱上了美丽的游泳课老师卡罗琳，闯进女子学院后各种歌曲、舞蹈、花样游泳以及男主花样百出的被虐情节，让整个电影院洋溢着快乐。翻译非常出色，电影看完了，“女人每天都要对自己说：你是最美的，世界上每个人都爱你”，这句经典台词陪伴了许多女性许多年，包括我。片名译得也好，是涵养了传统文化的意译。

“清水出芙蓉，天然去雕饰”，李白的这句诗，用芙蓉的纯净天然形容文章写得自然质朴。“清如水”“清水出芙蓉”这类诗句，符合古典审美标准，也可以用来描绘女性的天生丽质。

鲁迅在《中国小说史略》里提到南宋无名氏撰写的传奇《李师师外传》。《李师师外传》里，宋徽宗听闻李师师艳名后的第二天傍晚，就带着重金宝物，到镇安坊“驾幸”李师师。小说用的是欲扬先抑的对比法。老鸨先是送上果食，后又送上各种肉食，还要求这个重金恩主依例沐浴更衣。时间在延宕，恩主的心情更加急迫。“为倚徙几榻间。又良久，见姥拥一姬姗姗而来，淡妆不施脂粉，衣绢素，无艳服。新浴方罢，娇艳如出水芙蓉。”李师师出场这段描写的最大特点是不正面写李师师如何“色绝”，只写其如何清婉、如何有个性、如何不慕钱财，最后写到如何“艺高”，“而鼓平沙落雁之曲，轻拢慢捻，流韵淡远”。李师师何许人也？北宋末年汴京名妓，相传与宋徽宗赵佶、著名词人周邦彦都传出绯闻。北宋开市后，教坊文化发达，又碰到风流倜傥的帝王一力提倡，自是产生了许多善才名曲。帝王以宋徽宗为最，与教坊青楼的关系非比寻常，留下了许多可猜想的绯闻空间。宋徽宗和李师师的关系，北宋末年已经或明或隐见诸某些文字。有意思的是，贵为帝王的徽宗似乎也不以为忤。这大概就是所谓的“文人情趣”。传八卦是世风，敢传当朝帝王的八卦，恐怕不是无风起浪。“靖康之变”后，徽宗、钦宗二帝被囚五国城，李师师也从公众视野里消失。

“辇毂繁华事可伤，师师垂老过湖湘。缕衣檀板无颜色，一曲当时动帝王。”南宋初年，诗人刘子翚在《汴京纪事》的最后一首里写到李师师的一种“下落”。借李师师湖湘沦落，诗人抒发的是自己的古国之哀和故国之思。

美人迟暮本就令人伤感，何况“一曲当时动帝王”的李师师沦落至此，常人不免唏嘘。其实，这个故事从一开始就注定是悲剧。李师师的忧伤，即便是在恩宠顶峰时期，也被《洛阳春》词记录在案：“眉共春山争秀。可怜长皱。莫将清泪湿花枝，恐花也、如人瘦。　　清润玉箫闲久，知音稀有。欲知日日倚栏愁，但问取、亭前柳。”《洛阳春》的作者是周邦彦。周邦彦相传是李师师的另一个恩主。“并刀如水，吴盐胜雪，纤手破新橙。锦幄初温，兽烟不断，相对坐调笙。　　低声问：向谁行宿？城上已三更，马滑霜浓，不如休去，直是少人行。”传说是这样甚嚣尘上，以至于连周才子未识李美人之前所写的这首广为流传的《少年游》，不仅被后世好事者传为因李师师而作，甚至还编出徽宗吃醋的桥段。书生人情一纸间，与美人好，得美人垂青，吟诗、作词、抚琴、唱曲，都是风雅留情之举。而李师师正当怀春之年，不重皇家重诗家，似乎顺理成章。一个是大内才子，一个是倾国佳人，人们愿意如此为他们编造故事。但这个顺理成章，顺的是老百姓自己的理儿，成的也不是一代名妓的故事。欢场总归是欢场，帝王也好，才子也好，喜欢归喜欢，娶不娶回家，能不能白头偕老，是另一说。青楼出身，即便“芙蓉如面柳如眉”，最后也是“零落成泥碾作尘”。或“缕衣檀板无颜色”，或“老大嫁作商人妇”，或“怒沉百宝箱”，岂止李师师，王师师、张师师，众多的师师，不都是如此不甘心地收了终场吗？

四十多年前，母亲开始恢复与娘家交往后的第一个春节，记得旧金山的舅舅那时还在国内，第一次来我们家，逛新华书店时抱回来一整套简体版的“三言二拍”。这套书，后来某种程度上成为我的文学启蒙。“三言二拍”都有涉爱涉性书写，严格来说，并不适合幼小学生阅读。记得是某个暑假，我躲在蚊帐里，几乎一气儿把两个“拍案惊奇”看完，这是通俗小说的好处，好读。“三言”就看得慢点，记住了个别细节。某年在浙江丽水碰到作家龙一，讨论起这个问题，他也主张“开架有益”，让家里的书架完全敞开，不开书单，不立任何规矩。许多阅读都是这样，起初并没有目标，所谓开卷有益。懵懂无知的阅读中，慢慢地也完成了一种自我教育。这种成长教育，包括性和爱的教育，传统的中国式的家长往往会有意忽略。

写作跟阅读一样，经验丰富，视野杂，写的东西才有可能好看。看过采访作家张爱玲的文字，张爱玲最爱看小报上的花边新闻和杀人越货的报道，每天都会买各种各样的上海滩小报。貌似高冷的女作家居然有这等不能告人却还要告人的偏好，当时年少，看到此处，忍不住大笑，但这个细节也记下来了。张爱玲在中国内地被一些研究者重新打捞出来后，有一阵子，许多青年作家纷纷学她的笔法写东西。学得像的，似乎没有几个。这一点不奇怪。笔法只是书写的外在风格，张爱玲的那种直接和间接的经验，是她的时代和她的生活给她的，这是旁人没有办法学的。

近年来，网络文学忽然成就了各种大IP，受到关注。各种议论中，也有人认为网络文学承继了中国古典通俗小说的衣钵。是不是衣钵不好说，但古典小说，哪怕是志怪、传奇，表面怪力乱神，实质上写的依旧是现实。最典型的就是《西游记》和《聊斋志异》。阅读古典小说，无论作者有名还是无名，总还是能看到写作者鲜明的情趣和志向。从写作的动机看，纯粹消遣娱乐的古典小说倒真不多见，大概是古典时期的写作者都是非职业写作的缘故。以“三言”为例，《警世通言》是明代小说家冯梦龙编纂的一组白话短篇小说，现实指向性就很明显。《杜十娘怒沉百宝箱》是其中之一。这个故事被各种戏曲传唱，甚至被拍成电影。拍电影是当代的事了。上海姑娘潘虹那时候年轻，又美，杜十娘这个角色由她饰演。潘虹饰演的杜十娘是大女主，像反抗的李师师。“三言”里这类故事不少，对于女性个体意识的书写自觉，甚至超过今天一些网文。

“网红”这个词这两年红了。无意间翻看了一下短视频，许多女性网红开始用身体“带货”。“带货”也是刚刚红起来的新词。在女性就业有较大选择余地的今天，通过“身体”，原始化地谋生存、谋发展，如果不是被迫，而是出于女性自身的选择，我这个老古董看完之后，还是有些伤感。

好吧，花无百日红，人无千日好。难以阻挡的变化，形成了许多诗词伤感的来源。欧阳修的这首《渔家傲·七月芙蓉生翠水》写芙蓉盛开，也写人事兴替。“七月芙蓉生翠水。明霞拂脸新妆媚。疑是楚宫歌舞妓。争宠丽。临风起舞夸腰细。　　乌鹊桥边新雨霁。长河清水冰无地。此夕有人千里外。经年岁。犹嗟不及牵牛会。”一句“七月芙蓉生翠水”，写活和写足了芙蓉开放娇艳似霞的胜景，在芙蓉霞光的映照下，一池碧水生机盎然、生动活泼。词的上阕，除第一句外，其他各句似乎都着力写妙龄女子明艳生辉的姿容。七月芙蓉盛开，好似“新妆”。明霞，起舞，细腰，色、形、态宛然眼前。借写女性之美，喻指芙蓉也即荷花的错彩镂金，笔触大胆、细腻、清灵、可感。欧阳修终归是一代宗师，起笔只用一个“生”字，就能生出花来。越美好的事物，越经不起时间的磨损，整个下阕，宕开眼前景物，由荷花池写到更大更远的时空，这是抒情，在“物境”中引入了“情境”。借描物抒写胸中丘壑，本是诗的擅场，作为诗文改革先锋的欧阳修，在词的写作里，也有意无意融入了诗的追求。

唐宋八大家中，欧阳修以倡导诗文改革而著名。欧阳修诗文改革的具体表现是举韩愈柳宗元大旗，对抗五代以来盛行的西昆体和太学体，不仅有理论架构，文学实践同样丰富出色。《朋党论》《秋声赋》都是欧阳修的散文名篇。但今天的读者，可能更熟悉《醉翁亭记》。《醉翁亭记》也系欧阳修因范仲淹“庆历新政”牵连贬官滁州后的“下沉”之作。“然而禽鸟知山林之乐，而不知人之乐；人知从太守游而乐，而不知太守之乐其乐也。醉能同其乐，醒能述以文者，太守也。太守谓谁？庐陵欧阳修也。”气息贯通，卒章显志，诗性和思辨性浑然一体。可以说，《醉翁亭记》作为实践文本，充分表达了欧阳修的文章主张，即文章要论事说理、抒情言志，言之有物，靶向性明确。欧阳修的这个改革主张，是改革五代以来盛行的华而不实的浮夸文风，不是不要文采，而是提倡文采文辞为内容服务。

有意思的是，在欧阳修自己的写作排序中，文章也即散文是第一重要，诗词是副业，是捎带手的事儿。或许是认为不那么重要的缘故，文章写作追求言之有物的欧阳修，对于词的写作，却要宽容得多。诗直抒胸臆，词婉转表情，欧阳修总体上遵循这一传统。这个态度的变化，也体现了欧阳修的实事求是。

作为文章大家的欧阳修也是词家，词的写作，深得"要眇宜修"之道。从欧阳修的《蝶恋花·庭院深深深几许》，可以约略感受到这一妙处。《蝶恋花·庭院深深深几许》是欧阳修的代表词作之一。讲究而不艰涩，丰润而不铺张，让我喜欢。音韵优美，读起来可以说句句都好，比如"庭院深深深几许，杨柳堆烟，帘幕无重数"，比如"泪眼问花花不语，乱红飞过秋千去"。各种意象令人意想不到，却又那么贴切传神。对于欧阳修这样阅历深厚、经验丰富的大家，写作是情感排遣，也是时局感怀，是兴发际会，也是更加博大深沉的生命忧患。表面上似乎写闺怨伤春，实质上，词也好，文也好，看任何事情，写任何东西，可能山都不是山、水都不是水了，景别都带着景深。景深也是眼力，决定了写作者的笔力。

刘熙载在《艺概》中写道："冯延巳词，晏同叔得其俊，欧阳永叔得其深。"冯延巳的词有花间词的婉约，又广开题材，不拘"宴宾酬客"，被后学者传诵。其实，欧阳修最像冯延巳处，还是"因循出新"，因循词的传统的基础上，又开新面。有评论认为，欧阳修对于词的创新方面有两点贡献：一是沿着南唐李煜的方向，扩大了词的抒情功能；二是朝着柳永的方向，开拓了词的通俗化趣味。两首写"七月"的《渔家傲》，都体现了这种突破。以欧阳修的另一首写七月的《渔家傲》为例。这首《渔家傲·七月新秋风露早》写农家生活，朴实、有趣，用今天的话说是"接地气"，这使词从文人化趣味扩大到民众趣味。"七月新秋风露早。渚莲尚拆庭梧老。是处瓜华时节好。”欧阳修是造境高手，通俗不流俗，用词精巧，音韵晓畅。这是欧阳修词的好处，得到传统和创新两派的认可。

“渚莲尚拆庭梧老”，在田园派诗词中，荷花或者莲花是常见的一种意象。莲的果实叫莲子，莲子居住的房子叫莲蓬。渚莲就是莲蓬。

人们对于荷花的感情，来自美，来自习俗，更主要来自实用。相传中国古人有春天折梅赠远、秋天采莲怀人的习俗。荷花或莲花有理由受到人们欢迎。花开可赏花，莲蓬结子可采莲，荷叶可煮粥熬汤。南方冬天，尤其临近春节时，壮汉们会光着脚，下到抽干水的荷塘里踩藕，间或还会捉上几条大鱼，为年夜饭配好佳肴，这是荷花在这一年最后的奉献。必须是壮汉，荷塘泥泞，再能干的主妇这时候也只能在岸上助兴。

至少我，对于荷花的喜爱，主要来自莲子，藕还在其次。

莲有诸般好处。不记得采莲是否用来怀人，但莲子鲜甜，喜食莲子确实是从小养成的习惯。生在水乡，“采莲南塘秋”是生活常景。我说的是四十年前。四十年前，长江中下游河汊密布，出门是水，需要摆渡、行船，沿途的池塘里和河湖里长满了荷花或莲花。荷花或莲花是多年生草本，生命力极强，又全身是宝，一年四季都可以当主角。八月初，菜市场里，就会有农人在地上铺张荷叶，荷叶上，莲蓬堆出了尖。不像其他摊贩，售卖莲蓬大多是临时活儿，大概持续半个月。喜欢吃生莲子的人得抓紧。莲子生吃，是比任何水果都要更接近“鲜”这一层滋味的。新鲜的莲子，带着湿气，鲜、甜，先鲜，后甜，因鲜而甜。莲子是河鲜的一种，不能脱水，所以买莲子是连着莲蓬一起买回家。把莲子从莲蓬里摘出来，不到半天，就会变硬变黑。莲子清火，又好吃，聪明的农人把莲子做成干货，过去是在南货店里卖，物流便捷后，东西南北各大超市都有售卖，煮汤，清蒸，红烧，都可。

荷花具有较强的适应力，种植普及度高。有水的池塘可以种植荷花，没有池塘，用瓦缸或者瓷盆接上水也能种，也会开花。我在北京的许多池塘里都看到过荷花。最著名的是朱自清在散文《荷塘月色》里写到的清华园的荷塘。什刹海荷花市场直接以荷花为名，莲花池的荷花据说有三千多年的种植历史，品种出色者当然还得数颐和园和圆明园。北京的超市里偶或也能见到新鲜莲子，可惜不但不甜，甚至还有点干涩。一方水土养一方植物，莲子还是南方的好。

莲子如此鲜美，从《诗经》开始，到汉乐府、南北朝民歌、唐诗宋词，围绕采莲，留下了许多浪漫优美的诗句，也让后人对先人的生活产生了兼具细节的想象。采莲看起来很美，其实是个技术活儿，长期生活在乡下的农人也未必能驾驭刁钻的腰子盆。芜湖话里，“腰子”是肾的意思。腰子盆是长江流域采莲和采菱角用的工具，形如腰子，两头尖，中间稍胖，也很浅，只能盛一人。有经验的人知道，这样的盆在荷花塘或者菱角塘里，很难保持平衡，也很难划动。2020年初新冠肺炎疫情严重时，湖北黄梅有人，在长江上划着腰子盆，进入江西九江江面，被拦截下来。烟波浩渺的长江和娇小的腰子盆形成了巨大的反差。这个新闻报出来后，令我吃惊的不是此人行为的合理性和合法性，而是荆楚文化里这种自古以来似乎就层出不穷的“异想天开”。

夏天，去乡下过暑假是小时候最期盼的事。采莲的经验没有，采菱角的经验有过一次。小姑妈自己划得好，鼓动我也试一试。七八岁的孩子懂什么，竟然就爬上盆，划了起来。过了好一会儿，几个农人路过大叫起来，我这才意识到有多危险。菱角比莲子早，夏初上市。菱角开白色小花，持续不断地开，菱角也是采了又长，长了又采，持续不断地长，直到夏末。这时候，莲子上市了。我们也要收拾收拾书包，准备回城了。

这是从前。可以行船的河道和荷花池、菱角塘，在各种工业园区和居民住宅的蚕食下，已经一个一个地从地图上消失了。去年夏天，一起长大的闺密从南方快递来一个大箱子，装满了莲蓬。鲜甜的莲子吃完，思恋像野草，更加疯长。

荷花与莲花本质上是一样的，都是睡莲科。荷花在漫长的进化过程中，孕育和衍生了许多品种。如果硬要强调差别，莲叶要比荷叶更加阔大，荷花要比莲花更加出挑。荷花的叶和花会高出水面，所谓“亭亭玉立”“出水芙蓉”。而莲的叶和花大多齐着水面，或浮在水面。中国古人早就注意到这个差别，最典型的证据，便是杨万里的《晓出净慈寺送林子方》：“毕竟西湖六月中，风光不与四时同。接天莲叶无穷碧，映日荷花别样红。”诗人的观察力极强，看到莲和荷的区别，所以既写了莲，又写了荷，莲写叶，荷写花，各取其胜，各得其所。

全国不止一个净慈寺。杨万里写的净慈寺，位于杭州西湖南岸。西湖得名于北宋，也扬名于北宋。北宋时期，西湖总面积将近6.3平方千米，与今天基本持平。“山外青山楼外楼，西湖歌舞几时休。暖风熏得游人醉，直把杭州作汴州”，南宋朝廷偏安临安后，文人墨客在此长期逗留，西湖的名声越来越大。净慈寺，今天的人可能不太熟悉，但净慈寺里的南屏晚钟作为西湖十景之一，是大名鼎鼎。净慈寺对面是雷峰塔，相传是法海用来镇压白娘子处。鲁迅的著名杂文《论雷峰塔的倒掉》，写的就是这座雷峰塔。塔因文名，所以现当代以来，雷峰塔名声大噪。雷峰塔名声大是大，真没什么可看。比较起来，还是曲院风荷值得看。附近的北高山也不错。秋天的时候，当然是去满觉陇赏桂了，但我最爱去平湖秋月。西湖处处有荷花，夏天的早晨，从求是村出发，骑车到平湖秋月，只需半个小时。沿途都是新鲜的荷花，晨光中，新鲜饱满，美如处子。平湖秋月的人不多，坐下来，吃上一碗桂花藕粉。西湖的藕好，藕粉也与别处不同，糯、甜，一点点Q弹，撒上一把满觉陇糖渍的丹桂，人间天堂也是美食天堂。

藕好，藕粉就好。湖北的藕也好。疫情后期，响应线上助农，购买了许多湖北洪湖出产的藕。打开快递，每节不仅裹着泥，还都精心地用保鲜膜包裹起来，像人参一样。这是卖家认真。把带着洪湖湿气的泥巴洗净，用筷子压一压，塞紧糯米，上锅蒸，大火，三十分钟。又甜又糯的糯米藕就可以出锅了。洪湖的九孔藕与别处不一样，轻轻地咬一口，可以拉出好长好长的丝。

口味是有记忆的。语言也是这样。我有一个男同事，早年留学英国，能说一口标准的京白，还能说相对标准的牛津英语，后来不幸罹患脑瘤，病至晚期时完全丧失认知能力，包括语言能力。去世前一年，语言开始返祖，满口是苏北乡下方言。

语言会返祖，口味更如此。忘了是谁说的，说五岁以前的口味，往往会形成一个人的终身口味，或者说最执着的口味。这一点，许多成年以后四海为家的人可能体会更深刻。青年和中年时期，是一个人口味最开放的时期，也是身体最能承重的时期。到了老年，口味开始苏醒，开始返祖。我自己就是典型案例。十七岁离家到西北读书。那是20世纪80年代中期，头两年，粮食市场没有放开，西北种植小麦、高粱、玉米，但不产大米。学校食堂里，馒头管够，米饭凭票供应。年轻的胃口开始学习接受面条、馒头、窝窝头以及辣椒、醋、孜然，还有一种叫“蓬灰”的由蓬柴草烧制的草灰，大街小巷的兰州牛肉面都靠它增加口感。四年后回到南方，重新巩固南方口味。之后，又北上北京近三十年。东南西北仿佛都待过，口味似乎更宽容才是。其实不然。记得某年出公差到呼和浩特，各种原因，一连去了五趟。这一年，从吃的角度，很惨。被草原民族优美深情的歌声打动，但面对丰盛的烤全羊，从舌头到胃都罢工。接待方单独炒了一盘青菜送上来，也难以下咽。草原民族的蔬菜是羊油炒的。我可能是“最汉”的汉人了。接待方很尴尬，顽固的口味，让我更尴尬。这种顽固的口味，过了四十，更加任性横泼。口味的变化，是生理的变化。从前一度酷爱的辣椒，几乎不能吃了，就连清淡的杭帮菜也被部分扬弃，几乎全方位地向淮扬菜回归。因为不能吃辣椒，连从前最爱去的巴蜀大地，已经将近五年都不敢涉足。淮扬菜在江淮之间，以河鲜和海鲜为主。河鲜和海鲜都讲究一个“鲜”字，对食材要求高，在江淮之外，吃到鲜美的淮扬菜自是不易。人老思还乡，恐怕也是这个原因。

荷花看起来娇艳，却没有这些顽固的口味，它是地球上最古老的被子植物之一。对于荷花，大概可以用两个“既……又……”来概括。一个“既……又……”是既拥有“活化石”的老资格，又拥有娇美的花容。金庸大侠笔下有个人物叫“天山童姥”，荷花是植物界的天山童姥。第二个是美丽的东西往往无用，而荷花既美丽，又全身是宝。在栽种普及的亚洲东南部，印度和越南这两个中国的近邻，甚至以荷花为国花，而荷花几乎打通三界，从世俗世界到灵魂世界，都被高度认同。随和，适应能力强，使荷花早在十万年以前出现，并超越蕨类植物，栽种广泛。

如《周书》所记“薮泽已竭，既莲掘藕”，是距今三千年前的西周初期有关于荷花的人工栽培记录。其实，更早的浙江余姚河姆渡文化遗址，也出土了荷花的花粉化石，这说明距今七千年前人们就已经开始有意识地采集和播种荷花的花粉。从野生状态进入人工栽培，荷花与人类的关系更加紧密。

中国人对于荷花的情感异常丰富。在诸多的民间或文人的文字中，我其实还是最喜欢王勃沿用乐府旧题书写的《采莲曲》，气如长虹，调韵悠扬，是初唐气象。“采莲归，绿水芙蓉衣。秋风起浪凫雁飞。桂棹兰桡下长浦，罗裙玉腕轻摇橹。叶屿花潭极望平，江讴越吹相思苦。”全诗很长，只读开头几句，便已知道它的好处了。

忙踏槐花犹入梦

汉语里许多词确实天生带感。姨妈是这样，槐花、桑梓也如此。槐花和桑梓的“感”，源自“集体有意识”。“集体有意识”是代代相传包括书本教育的结果，诗人或作家，往往是“集体有意识”的酿造者、添油加醋者和最佳传媒。

桑梓好理解。以散文《永州八记》闻名的柳宗元，诗歌也写得洒脱传神，比如离开永州前一年所作的《闻黄鹂》一诗，写景叙事历历在目，忆旧抒情悲欣交集。“乡禽何事亦来此，令我生心忆桑梓”，思乡情深，末章点题。桑和梓都是原生于中国的高大繁茂、美观实用的落叶乔木，在长期的农业社会里，农耕民族聚族而居，凡“五亩之宅”皆由父母长辈沿墙种植桑梓。因此，背井离乡的游子，往往用桑梓指代家乡。又因桑梓多为父母长辈所植，早在《诗经·小雅·小弁》里，就有“维桑与梓，必恭敬止。靡瞻匪父，靡依匪母”之类的字句。《诗经》分“风”“雅”“颂”三部分，“风”是民歌，“颂”是祭祀音乐，“雅”被誉为周人的“正声雅乐”。以时间划分，又分“大雅”“小雅”。“小雅”的作者身份，大多介于“风”和“颂”的作者之间，或可称周初至春秋中叶的中产和中等收入阶层。在读书识字还是奢侈品时期，这个阶层，大概囊括了绝大多数读书人。所以，从文本的角度，“小雅”对于时人的精神世界和经济生活具有较为细致的描写。比如，在《诗经·小雅·南山有台》里，“南山有桑，北山有杨。乐只君子，邦家之光。乐只君子，万寿无疆”这六句，与前后六句共十八句，在形式和内容上既对称又互补。南北对仗，以桑和杨等植物起兴，帮助句式平衡，重点是后面提出的乐只君子、安邦兴民、万寿无疆等等。《诗经》是我国最早的诗歌总集，可以看出，在四六句里，作为植物的桑梓，这个时候已经受到君子般的礼遇。可见，虽然“一花一世界，一树一菩提，一沙一天堂”，可以“齐物论”，但人是有分别的世界，在人的世界，对于万事万物包括植物世界，逐渐对应出各种等级。动植物等级的最初形成，应该有赖于动植物和人类关系的疏密和人的好恶。

古代中国是这样，西方国家也是这样。有时候，东西方在“集体有意识”的酿造中，因为际遇和环境差别，产生截然不同的结晶。菊花在东方文化里有“君子”“高洁”之誉，美国人类学学者鲁思·本尼迪克特研究日本的学术著作，书名就叫《菊与刀》，但在西方文化里，菊花是忌讳，与死亡相连，常在墓园栽植。所以，人类学的一个研究面向，就是追溯人类今日特质的源头和演变。

受到《诗经》礼遇的桑梓，对于人类，除了富有文化价值，本身确实具有实用功能。桑树也称农家桑，与农业生产关系密切。桑叶可饲蚕，桑果是美食，桑木是上好的建筑用材和家具原料。在长久的农业中国时期，大概只有茶，可以与丝的经济地位相媲美。因为茶和丝绸等本土物资而产生的对外贸易通道称为“丝绸之路”。现代工业的特点是“大规模”“快速”，而种桑养蚕有自己的周期，依循的是古典时期自给自足的生产生活节奏。随着现代纺织工业发展，原料来源多元化，丝绸和蚕农的地位已经急剧下降。这几年，因为各种原因，“丝绸之路”这个具有开放指向的概念倒是又大热起来。

诗人都有自己的取景框，有擅长的诗体词牌，有爱用的物象。索绪尔的语言学结构理论主张从语词结构的角度研究文本，索绪尔的语言学结构理论要跟弗雷泽的人类学理论结合在一起，才更有意思。

吐丝结茧必须有蚕，饲蚕的桑树被广泛栽种之际，桑麻生活也成为“集体有意识”里的田园牧歌，而被传颂。关于桑麻的诗词很多，“开轩面场圃，把酒话桑麻”“乡村四月闲人少，才了蚕桑又插田”之类不赘述了，值得一提的是明代王祎的《忆别曲（二首）》。江浙是丝绸产地，桑树和桑叶对于生于浙江义乌的诗人王祎既熟悉、亲切又富有记忆，他自己给这种“集体有意识”加了新味。

“桑叶成蚕蚕作丝，络丝织作绫满机。欲将裁作君身衣，恐君得衣不思归。”这是第一首。描写从桑叶到成衣的过程，突然停顿、转弯，因为离愁产生了复杂的思恋情感，既关心恋人的温饱，又担心其远游不归。描写人类复杂微妙的情感，这才是有追求的诗歌写作的重点。如果说《忆别曲》第一首还在本事上做文章，第二首则完全是喻事。“低低门前两桑树，忆君别时桑下去。桑树生叶青复青，知君颜色还如故。”两首都以妻子或一个有交情的女子的口吻，写到物，如桑树、桑叶、络丝、裁衣，写到情，如离愁别恨。读古诗，字面是一层意思，是物，是象，字面背后是另一层意思，是情，是境。从物象到情境，中间是创作主体，关联的是主体的眼界、情感和价值观。王祎经历元明两朝，被朱元璋起用后，曾与宋濂同修《元史》，后又受命赴云南招降梁王，并在招降过程中被杀。由经历可推知，王祎文辞雅正，学识广博，并且有政治抱负，有胆略勇气。了解王祎其人，再读其诗，就能透过桑叶这类具有典型价值取向和情趣情感的字句，理解第二首《忆别曲》的寓意，了解诗人的本心。诗人是借写恋人相思之苦，抒发思乡之情，同时向君王表白复杂环境下坚贞不移、专一用心的心志。王祎死后被朝廷追谥“忠文”。

江浙不仅是古典诗词的天下，也是中国现代文学的半壁江山。又过了将近六百年，王祎的浙江同乡茅盾，在短篇小说《春蚕》里，以桑叶丰收后的江浙蚕农为对象，描写勤劳育茧做丝却饱受磨折的悲怆世态。记得当年看《春蚕》，最感兴趣的就是老通宝对蚕宝宝的情感。以现实关切为重，以历史整体观见长，社会学家加思想家加作家，最后形成可流传的经典作品，《春蚕》与《林家铺子》都是茅盾的短篇小说代表作。

小说散文也好，诗词歌赋也好，修辞固然重要，使之能走得久远，但能够传世的作品，一定有其独特的情感和思想贡献。情感和思想，既是能力，也是力量。人类的情感力和思想力，夯实了人类的“集体有意识”。

李商隐的《无题·相见时难别亦难》，把春蚕写成经典，几乎被所有唐诗选本选收。喜欢李商隐的人很多，我也喜欢，年岁越大越喜欢。李商隐是李贺的粉丝，有李贺之奇妙，又比李贺多三分晓畅。李商隐和李煜都属于擅长表义抒怀的诗词家，才情汹涌，文辞漂亮。比较而言，年轻时更喜欢李煜，李煜更显哀艳。李煜的家仇国恨和感时伤怀，每每读完，都椎心蚀骨。但随着阅历和经历增加，李煜的词就不大能读进去了，更看重李商隐。看起来是翩翩浊世佳公子的李商隐，其实一生遭遇曲折不顺，但为什么诗词中的李商隐给大家的感觉不是那么落魄，不是那么怨怼，不是那么沉重？哀而不伤，沉郁顿挫，李商隐有李白的才华，老杜的情怀。诗人的写作风格，恰恰成之于情感力和思想力。因此，即便是在才人辈出、风华绝代的唐代，李商隐诗歌上的才名，也要远胜同侪。一本《唐诗三百首》，李商隐就占二十二席，数量位列第四，既高产，又高质。

李商隐的骈体文很出色，但最擅长的文体应该是律诗。以《无题》一诗为例，一个伤感的爱情故事，用时空对比，进行具象和活化，写命运，写时空意识，写生命感。无论是首尾表达主旨，还是中间铺陈，叙事简约流畅，开凿的是意境和意义。一句“春蚕到死丝方尽，蜡炬成灰泪始干”，流传至今，已经脱离情感本体，成为对春蚕和蜡炬物境的最精彩到位的描写。李商隐以春蚕对蜡炬，取其鞠躬尽瘁、死而后已一面。写春蚕的用力，写丝绸的美好，写蜡炬的牺牲，貌似咏物，实则抒怀，都是本事之上的本质关切。李商隐是以用情专一深沉、爱情诗写得动人而名，那么，能说这首《无题》只是在写爱情？独特性、多义性，恰是李商隐的诗歌优势。

一灯如豆，名不虚传。人的知识往往有很多盲点。比如说我，此前一直以为蜡烛的发明是工业社会的事。其实不然。大概是西汉时，少数贵族的家里就开始点上稀罕的蜡烛。西汉以前，点灯熬油，凿壁偷光，无论官府还是民间，都用油灯照明。早年间，我对文物考古特别感兴趣，在博物馆最爱看的是各个时代的生活用品。从杯盏碗碟等与人类关系密切的生活物品的形状材质演变，可以看到人类生产技术的变化、生活方式的变迁，也是最基础的变迁。这其中也包括用来照明的灯具。

其实，“春蚕到死丝方尽，蜡炬成灰泪始干”也把桑梓都关涉了。由蚕到桑，桑的链条不言而喻。由蜡炬到梓这个链条，可能鲜为人知。蜡有蜜蜡、白蜡之分。蜜蜡的来源是蜜蜂，是动物。白蜡的来源是梓树等，是植物。梓树的白色种子，据说是白蜡的重要来源。当然，这一点，还需要继续取证。

与人类生产特别是生活关系密切的事物，会被传播得更加久远。桑梓相连。古人以梓为良木，梓树被称作树王。但今天的人，对于桑树的感情似乎更加深厚。传统的养蚕业虽然日渐衰落，但每到六七月份，大街小巷，肉乎乎的桑葚熟了，紫的、红的、白的，一股脑儿都来了，甜的、酸的，都有人买，人们对于桑树的深情难以名状。比起桑树，野生梓树越来越少，这大概也是人们对梓树日渐陌生的原因之一。梓树多存活在温带湿润地区，以长江流域为多。梓树是低调的树，除了种子做白蜡、嫩叶可食可入药，梓树的木质要比槐树和桑树都软，是雕刻良材。过去有“梓工”一说，指的就是善于木雕的工匠。《国风》是诗经时期的生活实录，由《诗经·国风·鄘风·定之方中》“树之榛栗，椅桐梓漆，爰伐琴桑”一句，可知西周至春秋时，百工已经约具规模，雕刻、油漆、制琴等工艺分类普及。其中的“梓”，是制作琴的底板的材料。

民间有“桐天梓地”一说。还有一种树木，也是制琴的好材料，这就是泡桐。泡桐生长快，耐湿，耐磨，轻便，纹理细腻，音色稳定，这些优点使桐木成为制琴不可或缺的材料。是故，琴又叫琴桐。桐木用来做琴的面板，所以叫“桐天”。这里的琴，包括琵琶、二胡、柳琴。人有人性，物也有物性。物性本身无好也无坏，关键看怎么用。比如说泡桐，本来因为软和轻，不能造房，也不能制作大件家具，但正因为轻和软，成为雕刻和做小家具的好材料。

桐，其实是我更熟悉的一种高大乔木。泡桐只是其中的一种，还有油桐、法国梧桐、中国梧桐。除了油桐，法国梧桐、中国梧桐、泡桐都是长江中下游常见的行道树。法国梧桐和中国梧桐都长得高大。法国梧桐，顾名思义，是外来户，相传20世纪一二十年代由法国人引进，在上海法租界栽种。以前没有注意，前年冬天回芜湖过春节，在老安师大门前的北京路上等待绿灯时，“蓦然回首”，才发现整个北京路以及环绕陶塘和镜湖的长长的石板路边，似乎都是浓荫密匝的法国梧桐。这个盛景，连著名的镜湖垂柳也望尘莫及。冬天不是法国梧桐开花的季节，倒是夏天时在南京见过开花。法国梧桐的优点是生长快，绿荫繁茂，身姿优美。南京的法国梧桐，好像一直比上海租界的出名，南京的法国梧桐有带货人。据说当年蒋介石为讨宋美龄欢心，号令在南京大面积栽种法国梧桐，以至若干年后，因为法国梧桐春天毛絮多、夏天毛辣子多，就是否砍树问题，全城展开了激烈的讨论。有支持砍树者，也有反对砍树者。支持者大概都比较务实，反对者是从审美出发，双方各执其理，争议不下，结果是砍了一部分，也留了一部分。之前，有较真者辟谣，法国梧桐老家在英国，其实是杂种英桐。

有法国梧桐，就有中国梧桐。梧桐是中国文化久远的乡愁。《诗经》号称“诗三百”，光“桐”就有三篇提到。这个桐，就是中国梧桐。一次是前面说过的《诗经·国风·鄘风·定之方中》中的“椅桐梓漆”，桐是制琴用材。一次是《诗经·小雅·湛露》里的“其桐其椅，其实离离。岂弟君子，莫不令仪”。最著名的还是《诗经·大雅·卷阿》里的这句“凤凰鸣矣，于彼高冈；梧桐生矣，于彼朝阳”，由此延伸出“种下梧桐引凤凰”之类广为人知的俗语。由《诗经》往下，经过《庄子·秋水》的《惠子相梁》，“夫鹓鸰发于南海，而飞于北海；非梧桐不止，非练实不食，非醴泉不饮”，梧桐仍然以面向朝阳、引凤筑巢的高大神圣形象出现。可是到了宋词，梧桐染上了浓厚的寂寞愁苦色彩。以两首《忆秦娥》为最典型。一首是黄机的《忆秦娥·秋萧索》：“秋萧索。梧桐落尽西风恶。西风恶。数声新雁，数声残角。”整个调子异常低沉。一首是李清照的《忆秦娥·咏桐》：“断香残酒情怀恶。西风催衬梧桐落。梧桐落，又还秋色，又还寂寞。”从高大向阳的梧桐到愁苦寂寞的梧桐，说明“集体有意识”在流传的过程中也是不断变化，甚至彻底改道。

从小到大，我住过的印象最深的院子，是刚从宣城搬回芜湖时住的一个带小套院的长方形四合院，是改良徽州建筑。南方四季雨多，院内沿墙砌有浅浅的流水明渠，青砖压地，树荫遮日，密布的苍苔开出了细小的白花。一大一小前后两院，前院住四户人家，后院是两个单身职工，厕所也在后院。院门是木门。每晚上销插院门是对面爷爷的事。对面人家姓周，有两个漂亮的女儿。十点以后，门就很难叫开了。在这个院子只住了不到三年的时间，但是我所有的童年记忆，似乎都跟这个院子有关。记得夏天的早晨，搬把小竹椅，坐在清凉的大树下，对着静静流淌的水渠，开始背诵古诗词。第一首就是李白的《忆秦娥》。这是自选动作。五六年前，听说老街要拆了，特意去了趟老宅。院子还在，厕所没有了。后院那棵大树还在。那棵树，刚搬进去的时候，有屋顶那么高，现在几乎戳到对面三楼。一直不知道是什么树。小孩子更关心那些香喷喷的大棵栀子花。有一年秋天，后院住的爷爷带着全院老少在树下打果子，其实是退化的花萼结的种子。后院住着的爷爷姓康，是南下干部，老伴儿和孩子留在北方，不常见。后院住着的爷爷只要在家，到处都能听到他的大嗓门。他最喜欢包饺子，饺子煮熟后，愿意叫小孩子们去吃，或者送到各家。这天，在他的指导下，我们把藏在心形叶片里的种子摘下来，炒熟，当零食吃。从来没吃过，还真香。每一片都结了五颗种子。这棵不知名的树当天成了大院的明星。那天是周日，大人小孩都在后院欢腾。许多年后，无意间发现那棵种子可以炒熟吃的大树是中国梧桐。法国梧桐和中国梧桐除了高大这一点相似外，还真是天差地别。

印象更深的是泡桐和油桐。记住油桐，是因为吃过亏。油桐理论上应该是高大乔木，但奇怪的是，我见到的油桐树只有梨树一般大小。焦化厂的后面，有一大片油桐树，五六月开花，密密匝匝的白花，比苹果花和梨花稍大些，据说台湾人特别喜欢，油桐花在台湾称为“五月雪”。油桐也结果实，泛着诱人的油光，有人看护，一般不会去摘。南方潮湿，一下雨，就会长各种菌类。那一次，也是雨后，树下长出一层地皮菜，其实就是地木耳，软乎乎，像鼻涕。有年长的孩子就约着一块儿去捡地皮菜。地皮菜炒鸡蛋是徽菜馆的一道风味菜，但我们家不爱吃。陪着去，无聊，也是好奇，在口袋里偷偷地藏了一个油桐果。接着就忘了。晚上的时候，两只胳膊和手奇痒，红肿，严重过敏。后来很长一段时间里，我都无法闻桐油的气味。

现在的家具会用各种颜色的环保漆上色。从前，家具以原色居多。打家具时有分工流程，木匠只负责前期的家具构造，家具成型后，剩下的都是油工的活。家具好不好，油工占一半。讲究点儿的人家，会要求油工至少油三遍，给家具涂上厚厚的保护层。南方潮湿，这样才不会开裂。家家户户要用各种木桶，洗脸要用，洗脚也要用，拎水要用，倒马桶也要用。这些木桶天天跟水打交道，油工不过关，或者偷工减料，木桶就会漏。在长江流域，桐油还有一大用武之地，这就是造船。长江和大小水域里的船户，多用木船，木船制造过程中最重要的工序，恐怕也是油工了。油工不过关，下水就沉。人命关天，来不得半点含糊。芜湖是长江下游的大码头，20世纪初创办的芜湖造船厂是芜湖的脸面，前身叫福记恒机器厂，至今还是中国船舶出口骨干企业。一艘艘木船用桐油油完晾晒时，远看就像一只只仙鹤静卧在江边。这个姿态优美的场景已是上世纪的记忆。如今，造船用的材料从金属材料、合金材料到高科技材料，层出不穷，防水性能本身就好，不需要晾晒。尽管这样，也动摇不了桐油的地位，桐油依然是重要的工业用材，油桐果是生物提炼桐油的主要来源。

只是在情感上，我一直不能把冷冰冰的工业流水线，与盛开时那么漂亮的油桐花联系在一起。

泡桐开的花既有白花，也有紫花，介于法国梧桐和油桐之间。中国梧桐开黄花。这也是很有意思的现象。植物在给自己的存在细致地做着记号。

人其实也通过各种方式，包括书写，给自己的存在做记号。就以槐树为例。这些年以及前些年，汉民族的民间对于山西省洪洞县大槐树的认同感如此强烈，以至于许多人，不管天南地北，都认为自己的祖先是从大槐树下走出来的。在此之前，洪洞县被记住的大概只有可怜的苏三和“洪洞县里无好人”。“苏三离了洪洞县，将身来在大街前。未曾开言我心好惨，过往的君子听我言。哪一位去把南京转，与我那三郎把信传：就说苏三把命断，来生变犬马我当报还。”这一段尤其是后几句，听得我酸楚悲切，心神难平。《苏三起解》是京剧保留剧目，许多大师都唱过，各家都有特色。据说，张君秋先生唱这段最出色。可惜，喜欢看戏、看得懂戏的人越来越少，苏三的名声日渐埋没，洪洞县里反倒是默不出声的大槐树越来越出名。

2008年，大槐树民间祭祖习俗被列入国家级非物质文化遗产名录之后，大槐树越发被神化了。这当然是一种信息误会。误会源自元明清三朝发生的数次大规模移民。

故土难离，移民是迫不得已，主要有三层原因。一是战乱，对于中原汉族来说，元明清三朝有两朝是外族入主中原，元兵和清兵好战善战，战火纷飞中，百姓流离失所，战争本身也消耗人口，政权稳定后各地纷纷向中原移民。二是环境恶化，黄河中下游形成悬河，不断改道泛滥，黄河流域生灵涂炭，不得不向适合生存的地区移民。三是朝廷高层主动移民，朱元璋即位后，明代多次实行大规模屯田移民政策。由此可知，洪洞县是移民的一个输出来源，但不是全部来源。对于这一点，近年来有不少文章已经厘清。

槐，也称国槐。无论是官家，还是民间，槐都是栋梁之材。因此在古汉语语言体系里，槐延伸为三公宰辅，如槐鼎、槐位、槐卿、槐望、槐岳、槐蝉，指代三公宰辅之位和高官显贵。槐宸、槐掖指代宫廷宫殿。槐府、槐第指代三公宰辅的宅邸。中学课本里的《晋祠》一文写道：

“晋祠之美，在山美、树美、水美”“这里的树，以古老苍劲见长。有两棵老树，一曰周柏，一曰唐槐”。前人栽树，后人乘凉。山西是古中国的发祥地之一，古人有植槐种槐传统，山西境内老槐古槐比比皆是。在绛县还发现一棵悬根古槐，据说有三千多年历史。植物如人，不择地而居，便能传播久远。

槐树和桑梓都是庭院里经常种植的树木。“槐林五月漾琼花，郁郁芬芳醉万家。春水碧波飘落处，浮香一路到天涯。”苏轼这首《槐花》，直接将“槐花”入题，正面强攻。槐花盛开的季节大概是农历五月，也就是公历六七月，这个时候各种考试开始举行。因此，在古汉语里，特别是古诗词里，槐指科考，“槐花黄，举子忙；促织鸣，懒妇惊”。槐花的颜色是淡黄色，所以考试的月份也叫槐黄。看见“槐秋”一词，我们就知道这一年是考试的年头。有意思的是，1977年高考制度恢复以来，高考时间也定在每年的七月份。2003年北京闹非典那年，高考时间由七月调整到六月。今年，由于新冠肺炎疫情的缘故，高考和中考的时间又推迟到七月，还是槐花盛开的时间。

书生赶考叫踏槐。南宋有两首写槐花的诗，都写到“踏槐”两字，但意思完全不同。一首是林景熙的《立秋日作》：“苦热如焚想雪山，清商一夕破愁颜。炎光断雨残虹外，凉意平芜远树间。忙踏槐花犹入梦，老催蒲扇共投闲。城头遥望累累冢，辽海荒寒鹤未还。”一首是韩元吉的《送沈信臣赴试南宫（五首其一）》：“共踏槐花记昔年，一弯新月夜移船。君行为问灵泉水，梦到松林石壁前。”第一个踏槐用的是踏槐本义，是写节气。作者林景熙是南宋遗民诗的代表人物，国破山河在，写故国之思难免伤痛，但又不能直说。读这类诗，如果不了解历史背景，往往就无法接收到诗歌的全部信息。第二个踏槐取的是赶考之意，写同科考试的友人和友情，写得深情款款。韩元吉也是南宋时期重要的诗词家，山林情趣之类的词比较在行。

唐代诗人中，白居易也许是最喜欢养花的诗人，同时也写了不少关于花的好诗。槐花这样一种富有文化内涵的花，当然会被白诗人眷顾。比如《暮立》：“黄昏独立佛堂前，满地槐花满树蝉。大抵四时心总苦，就中肠断是秋天。”比如《答刘戒之早秋别墅见寄》：“凉风木槿篱，暮雨槐花枝。并起新秋思，为得故人诗。避地鸟择木，升朝鱼在池。城中与山下，喧静暗相思。”两首都流传很广，诗思敏捷，又平易畅达。

关于槐花的好诗句实在太多了。槐花对于古人，是精神和文化的正面指向，长安城里因此栽满了槐树。正如韦庄在《惊秋》里所感慨，“长安十二槐花陌，曾负秋风多少秋”。韦庄是花间词派的代表人物。

去年岩桂花香里

“去年岩桂花香里，著意非常。月在东厢。酒与繁华一色黄。　　今年杯酒流连处，银烛交光。往事难忘。待把真诚问阿郎。”记得早年读赵长卿这首《采桑子·去年岩桂花香里》，被其中“两句半”打动。一句是“酒与繁华一色黄”，另一句是“待把真诚问阿郎”，半句则是“著意非常”。这“两句半”共同的好处，是既顾名思义——文辞晓白，又有清婉逸趣。有大俗，得大雅，这是词作的高级。大俗是生活内容，大雅是美学品质。大俗大雅者，非大彻悟者不能为也。

这首词的主色调应是桂黄。岩桂、月、酒、银烛散发出不同层次的黄色，然后是两种香——花香和酒香。物象都是寻常物。这个叫赵长卿的作者，据说出身赵氏宗室，因家道中落，也有说主动隐居，长年生活在底层。王孙毕竟是王孙，其笔下，寻常物象洗尽铅华，自带光圈。光圈源自写作者的视野、情感和精神底色。

北宋庆历以后，由于毕昇发明泥活字，活字印刷诞生，印刷和传播便利了，各种史书资料的印刷较前朝空前翔实起来。但奇怪的是，无论信史，还是花边野史，几乎都找不到这个叫赵长卿的佛系王孙的详细信息。这位据说一生写了四百二十二首词作、生于北宋、最后死于南宋宁宗时期的赵长卿，作为一名质和量都不错的词家，身世何以“语焉不详”？何况又不是寻常人家的子弟。

“历史并不是一个文本，因为从本质上说它是非叙事的、非再现性的。然而，还必须附加一个条件，历史只有以文本的形式才能接近我们，换言之，我们只有通过预先的（再）文本化才能接近历史。”在流逝的时间面前，如果没有文字叙述，如果没有图像再现，如果没有声音记录，历史将不复存在，这是当年读弗雷德里克·詹姆逊的《政治无意识》时最深切的感受。关于赵长卿其人，历史文献里也不是毫无痕迹，比如《四库全书总目〈惜香乐府〉提要》写道，“长卿恬于仕进，觞咏自娱，随意成吟，多得淡远萧疏之致”，但也仅限于泛泛之议。《惜香乐府》是赵长卿的代表作，《四库全书》收了十卷，共二百六十多首。这个数量已经了不得了。宋以来关于宋词的各种选本，包括近现代陈邦炎、唐圭璋、施蛰存等名家的选本，或多或少也都选有赵长卿的词作。语言虽有跳达自如之相，仍能读到花间词派的婉约，因此许多词评家都认为赵长卿的词学张先、柳永，与张柳二人系一脉，实然。除了写春花秋月，其多半作品确实都在书写缱绻情爱，其中个别词作，因为较为细腻和“写实”，甚至被今天的研究者当作“小黄文”来读。

没有细节记载的赵长卿，身世已不能追。我猜，也仅仅是猜，这位叫赵长卿的词家，文辞中的风流倜傥和沧桑寥落还是一目了然，许是兵荒马乱的南北宋交替的大背景下，某个不愿也不能露面的落魄王公贵族或才子佳人的化名？看来，从历史细节和血肉建构的角度，传记这类写作，作为人或事的见证，哪怕其中存有不实之词，也有存在必要。

由身世疑惑生八卦心，不去说了。我感兴趣的是这首《采桑子·去年岩桂花香里》提到的岩桂。岩桂和桂花到底是不是一种植物？后世似乎也有一场官司可打。

现在较为流行的说法是，岩桂虽然名称含“桂”，开的花也有香气，长得与桂花也很像，但是，在植物学的严格分类里，它们俩不仅不是一家，甚至连亲戚都算不上。按照今天的植物学分类，岩桂也叫少花桂，是高大乔木，属于樟科，通常三月开花，一直要开到八月。月桂是岩桂的亲戚，月桂也即西餐里出镜率较高的一种香料的来源，三月到五月开花，原产地主要在地中海沿岸，比如希腊。希腊语里有“桂冠”一词，其中的桂，即指月桂。而中国本土的桂花，则是木樨属常绿灌木或小乔木，通常农历八月开花，花期一个月左右，也有例外，比如杭州就有迟桂花。杭州城里著名的迟桂花，深秋才开，一直要开到腊月。积雪初融的早晨，满城若有若无地飘着桂花的香味，与冬日枝头的蜡梅、红梅等各种梅花相映成景。这个场景，我曾不止一次地亲历，成为当年在杭州读书时冬天里的乐趣。

杭州迟桂花“暴得大名”，与小说家郁达夫有关。郁达夫是浙江富阳人，有个短篇小说叫《迟桂花》，写的是20世纪30年代的杭州故事。满觉陇赏桂是杭州人由来已久的一种生活习惯。桂花是杭州的市花，当然不只满觉陇，植物园、岳庙、吴山、苏堤、万松书院、花港、虎跑泉，每一处的桂花都有特点。比如，植物园以早银桂出名，而虎跑泉则以老桂花出名。“原来这儿到这时候还有桂花？我在以桂花著名的满觉陇里，倒不曾看到，反而在这一块冷僻的山里面来闻吸浓香，这可真也是奇事了”，郁达夫在小说里提到的“这时候”指深秋，“这一块”就是指南高峰翁家山村东边的烟霞洞。烟霞洞在虎跑泉眼附近。从烟霞洞去往石屋洞的路上，就有著名的满觉陇。烟霞其实是三洞。除了烟霞洞，另有水乐和石屋两洞。从虎跑的四眼井出发，走到对面一条种满桂花的小径，再走几百米，就到了烟霞三洞。洞和寺庙相互依傍，应该是五代十国时期的文化遗存。洞内大多有石窟造像，烟霞洞和石屋洞原有十八罗汉和五百小罗汉石雕，水乐洞底原有梁山伯与祝英台石像。洞边建有寺庙，比如烟霞洞前左侧原有烟霞寺。烟霞寺又名清修寺，系五代广顺三年吴越王始建，北宋治平二年（1065）改旧额“烟霞”为“清修”。至于南宋诗人释文珦在《烟霞石屋诸寺》里写到“缘山一径微，竹树隐禅扉。云绝去来性，僧无生灭机。风檐铁自语，阴洞石能飞。终拟携瓶锡，他年向此归”时，沿用的还是“烟霞”旧额。

世界艺术史上，宗教与文艺的关系如此亲密，特别是造型艺术里的雕塑艺术和绘画艺术，因为对宗教内容的传播，甚至得到教会和世俗政权的着力支持，许多大师和许多名作因此走进艺术史。古代中国也如此。“南朝四百八十寺，多少楼台烟雨中。”十国时期，南方相对安定，各国君主普遍对佛教怀抱热情，寺庙修建一时为烈。手头恰好有本梁思成先生编撰的《中国雕塑史》，薄薄一册，从夏商周开始分节，一直讲到元明清，主要论点和论据，几乎都围绕以寺窟雕像为主体的宗教艺术展开。梁思成先生作为建筑学家，其时已经注意到宗教场所的功用和艺术发展的关系。在没有专门的文化场所之前，寺庙既是宗教场所，也是重要的文化场所，以讲经释道、劝善弃恶为题材的各种绘画、雕塑和音乐形式，在寺庙里都有源流清晰的表现，以至于中国雕塑史几乎可以对照中国佛教史来研究。两汉以来，随着佛教由“西天”传进中国内地，立体雕塑也从西方传播到中国本土，以造像艺术为代表的中国本土雕塑也从浮雕到立体，借由寺庙石窟的广泛修筑，完成了艺术本体的质变。这个质变包括审美趣味的变化，比如从北宋开始的雕塑世俗化，到南宋达到高潮，与北宋以来工商业兴起、市民阶层力量壮大有重要关系。有什么样的艺术，就有什么样的民众。反过来亦然，有什么样的民众，就有什么样的艺术。文化艺术的背后，站着政治、经济、社会和宗教。

星星点点的寺庙，除了宗教功能，过去还有一个特殊的功用，即供香客休养。这个客观存在的功能常被忽略。交通不便的旧时代，每岁科考，往返路途需要很长时间，盘缠花得差不多的时候，寺庙既安静又安全，破费还不多，往往成为书生赶考路上打尖休息的首选。这类故事，历朝历代许多文本都有记述。比如王实甫在元杂剧《西厢记》里，就以普救寺为核心舞台，设计戏剧矛盾和人物关系。普救寺在河中府，即今山西省永济市蒲州镇附近。父母双亡的张珙进京赶考，路过河中府，投宿在普救寺西厢房，邂逅因护送父亲灵柩回乡借住在普救寺的原相国之女崔莺莺，这才有了此后的爱情故事的发生。普救寺原建于唐代，除舍利砖塔是遗存，其他如殿阁僧舍早已毁塌。中式建筑早期多用木材或夯土，随着岁月更替，风雨沧桑中，木材腐朽，夯土坍塌，许多早期建筑慢慢地都不复存在了。普救寺20世纪80年代又倚仗《西厢记》的记述进行重修，规模似乎比原来更大。

烟霞寺也有不少爱情故事。郁达夫的《迟桂花》算一个。现代史上，烟霞寺的爱情故事还有另一个男主角。留美博士胡适的结发妻子、小脚女子江冬秀是母亲为其选聘，此前，胡适有个叫曹诚英的表妹，一直喜欢这个才华横溢的表哥。1917年，胡适在美留学期间发表《文学改良刍议》一文，之后不久回国受聘于北京大学，同年，遵母命与江冬秀完婚。婚后六年，即1923年，6月到9月，胡适因病独自在烟霞寺休养。曹诚英，也就是胡适日记里提到的“佩声”，此时正在杭州女子师范读书，常来烟霞寺探望表哥。怀春男女，情投意合，“发乎情止乎礼义”，当然是无果而终。但又怎么会是无果而终？特别是对于女性，这个果，多数是独自品尝的。

解放后做到农科院教授的曹诚英，一生未嫁，死后，还将遗骸埋在公子回家必经的小道上。二十多年前去绩溪参加中国社科院历史研究所举办的国际徽学研讨会时，一个叫阿东的朋友，指着道旁曹女士的墓，讲了这个故事。

烟霞寺有爱情故事，还有历史的大故事。历史故事的主角是国共两党。“西安事变”后，国民党派中统局张冲作为代表，国共两党在西安举行第一次正式会谈。会谈没有实质性的进展。1937年3月底，周恩来和潘汉年经上海到杭州，与蒋介石本人在烟霞寺举行秘密会谈，达成第二次国共合作、共同抗日的初步意向，史称“西湖会谈”。见过历史大世面的烟霞寺，后来倒塌了。四眼井和洞窟雕塑原物也大多没了。有风雨剥蚀的原因，也有人为原因。前些年，烟霞寺又重张了。

杭州不仅有入画风景，还有前赴后继的爱恨情仇。这是杭州迷人的地方。

其实，世间一直有“文人的苏州，士大夫的杭州”这个说法。文人的苏州，大约说的是吴地文脉深远，文人雅士云集，在文学艺术创作上开创了很多风气和流派，比如在中国艺术史上特别著名的吴门画派。“文”“雅”相连，文人的苏州，大致也是雅致的苏州。士大夫的杭州，是因为杭州做过南宋都城，江南士族，包括北方世家，纷纷移民到此，自然环境和人文环境得天独厚，政治、经济和文化都得到充分发展。士大夫的杭州，既有所谓贵族的讲究，也有成熟市民的趣味。杭州的市民趣味是独一无二的，即便是大俗，也能以一种文雅而坦荡的形式表达出来，不遮遮掩掩。

只举一个事例。20世纪90年代，我读书的时候，除了KTV，几乎没有什么娱乐。有一段时间，杭州突然流行用两副扑克打双升。真没什么技术难度，但杭州人玩得如醉如痴，无时不玩，无处不玩。沐着春风，淋着秋雨，喝着龙井，用桂花莲藕当甜点，杭州人打双升，阵仗大，形式隆重。于是，在大自然的照拂下，家人团聚，朋友郊游，席地而坐，把满觉陇，把平湖秋月，把太子湾，把柳浪闻莺，都打成了快乐的牌局，打成了“清明上河图”，打成了韩熙载的“夜宴图”。前些日子翻看日本浮世绘，见江户时代的郊游赏樱居然也有“在樱树下摆开酒筵的村人们”。繁花下的审美和狂欢的市民扑面而来。不禁想起了二十多年前的杭州城。

“上有天堂，下有苏杭”的杭州，作为一个城市，从南宋以来，基本都处于市场经济发展较早较快的行列，有倡风气之先的特点。前两年，浙江人民出版社出版了一本写改革开放四十年浙江民营经济的书，书名起得好，叫《东方启动点》。当代如此，近现代也如此，浙江似乎一直扮演着“革命者”和“弄潮儿”的角色。以杭州为例，早从明清开始，产业结构就朝市场经济调整和转化。这种调整和转化，是工商业的敏感。两次鸦片战争以后，中国沿海和沿江的大门被枪炮敲开，原来主权独立的国家迅速沦为半殖民地国家，杭州这样的尖子城市处在被掠夺被开放的前列，被迫供奉资源、打开市场，被迫面对国际环境，当然也被迫睁眼看世界。文化习俗亦然，既是迭代的，也是迭层的。这种种突然之下，作为历史感很强的城市，杭州其实是被动地加速向现代城市转化。从市民生活的角度观之，在这个痛苦的转化过程中，有殖民文化的影响，又得旧都的遗俗，杭州人形成了自己与自然相处的节奏。

通常，梅花才是杭州冬天的主角。杭州城里赏梅的好去处多了去了。梅花盛开的季节，也是江南最冷的时候，市民却成群结队、拖家带口地踏雪访梅，成为冬季盛大的风景。杭州城里最出名的赏梅去处，除了烟霞古梅，大概就是小孤山了。孤山不孤，在闹市区，从老浙大出发，穿过植物园，骑着车，轻轻松松就到了。冬天的杭州城也会下几场雪。淡淡的雪意里，看见寒冷的秦桧一直跪在岳庙前。岳庙是若干年前游客到杭州的必访之地。前些年，有秦氏后人写文章，试图为秦王二人翻案。这个案看来是很难翻了。一是历史久远，历史沿途的各种书写，在忠君爱国的文化背景下，早已把“他”定了性。二是20世纪80年代，经由评书大师刘兰芳在电台上传播，一部由《说岳全传》改编的《岳飞传》在娱乐消遣形式较为单调的年代，几乎家喻户晓，秦桧的负面形象影响太大。岳庙从外面看一眼就可以了。沿着北山路——现在好像叫北山街——继续往前骑，到西泠桥，就会看见苏小小的墓。钱塘歌伎苏小小生在钱塘，与“西湖歌舞几时休”的调调似乎很搭。修墓之前，桥边只有一块字迹模糊的石碑。修墓是我毕业之后的事了，据说当年反对的声音也很多。始终没搞明白当时的杭州主官们为什么要顶住压力，在北山路与孤山路交界的这个城市风景的C位，新修一个久远的歌伎的墓。当然，苏小小墓也很快与周边各种旧物成为游人光顾的风景点。对苏小小不感兴趣，继续往中山公园骑，很快就会看见傲霜斗雪的鉴湖女侠和神秘的西泠印社。西泠印社的神秘来自它的名气和它的低调。被雕成塑像的秋瑾，与文字中的秋瑾，似乎都是佩剑骑马偏中性的打扮。这大概是20世纪上半叶从深宅大院走出的中国女性向外边的世界要求平权的一个细节标识。印象中，19世纪初的欧洲也是这样。被雨果称为“伟大的女性”的法国女作家乔治·桑，穿着男装出现在社交场合，甚至成为当时社会的一种时尚。乔治·桑是著名的女权主张者，主张女性在社会生活和情感生活中起主导作用。乔治·桑用一生实践了自己的主张。这种勇气、胆识、魅力，哪怕在今天，也为绝大多数中国女性望尘莫及。至于在近代中国和现代中国交界处出现的秋瑾，勇于赴死并写出“秋风秋雨愁煞人”的秋瑾，在我的想象中，毕竟生活在“春花秋月何时了”的江南，内里的骨头虽是浙东人的“死硬”，并受到湖湘文化的影响，闺秀的妆容大体还应是柔美恬静的。细看存世的照片，这位字“竞雄”也很有丈夫气的江南闺秀，从日本留学回来后，确实常以英姿飒爽的一面示人。

杭州，应该说浙江，因为有了秋瑾，有了鲁迅，从骨子里洗脱了许多南宋以来的脂粉气。秋瑾和鲁迅都是绍兴人。绍兴处浙东，浙东人是出了名的“死硬”。这个说法，最初从大师兄那儿听来。大师兄当时正在写一本叫《S会馆和中国现代文学》的书，对绍兴文化和绍兴文人似有深入研究。

从鉴湖女侠像往东，沿着湖慢慢骑，再拐一个大弯，终于看见放鹤亭。许多地方都建有放鹤亭，苏东坡还曾以《放鹤亭记》为题，为徐州的放鹤亭洋洋洒洒写过一篇文章。孤山现存的放鹤亭，闹中取静，是20世纪初为纪念林和靖重修的重檐歇山顶式建筑。北宋时的孤山，蜷在西湖的一角，远离人烟，林和靖才有可能以梅为侣，视鹤为子，隐居和埋骨于此。有岁月和传说加持，古树依傍，清雅有味，是想象中的林和靖的隐士风格。林和靖虽以梅妻鹤子和特立独行出名，但他不仅不是空头艺术家，而且还是货真价实的书家和诗词家。比较起诗词，我更喜欢林和靖的书法。记得从前有人说，写“悲欣交集”的李叔同，字有绝了烟火气的干净，是僧人的字。林和靖的字则是隐士的字。隐士虽隐，也还是活在生动的人间。因此，隐士的字，除骨骼清奇之外，还有圆润、流畅和生动。不干，不枯，一心一意，把自己活成了神仙。字如林和靖其人。

唐宋以来，关于梅花的诗词总量很多，流传甚广者也不少。其中，林和靖的《山园小梅二首》应算名篇。作为诗词家的林和靖，主要写梅花，好句子不少。《山园小梅二首》流传至今的名句是“疏影横斜水清浅，暗香浮动月黄昏”。此句一出，连当时的文坛大佬欧阳修都击节称赞。二次传播者是姜夔。姜夔在自己的两首咏梅词里，直接将“疏影”“暗香”入了题。“疏影”和“暗香”从此既是词调，又成为梅花的代称。“人人尽说江南好，游人只合江南老。”姜夔晚年也居住在杭州。

今天的研究者倾向于认为，林和靖此句是从五代后汉江为的残句“竹影横斜水清浅，桂香浮动月黄昏”化来。“疏影”“暗香”确是神来之笔，既得梅之形，又活梅之魂。但也有个别学者认为江为乃林和靖之后的人，这句残句原是江为从林和靖那里偷来。这位被同时代“权威者”称为“才子”的江为，也是身世“语焉不详”。“迢迢江汉路，秋色又堪惊。半夜闻鸿雁，多年别弟兄。高风云影断，微雨菊花明。欲寄东归信，裴回无限情。”不过这位才子的诗词写得真不赖，比如这首《旅怀》，用典巧妙，节奏流畅，好读，易记。所以，从这个角度，我个人倾向认为江为应生在林和靖之前。

在杭州读书的最后一年，几乎每周要到浙江省图书馆查资料。浙江省图书馆当时还没有搬到黄龙洞，还在小孤山。论文做的是鲁迅研究。现代文学这部分资料，浙江省图书馆藏了很多，但只能在馆内看，不能外借。因此，有那么三四个月，也包括冬天，几乎天天“披星戴月”。西湖边的“披星戴月”其实是最好的时光，人少，西湖是安静的。来来回回，都要绕行放鹤亭。在放鹤亭坐一会儿，远处、近处，红梅、蜡梅，还有迟桂花的芬芳，夹杂着雪意飘来。大概是寒冬腊月开花的缘故，梅花在各种诗文里都是“暗香”“冷香”。而迟桂花即便是在冬天开放，也是“暖香”和“甜香”。这大概就是通常所谓的印象分了。

“江南忆，最忆是杭州。山寺月中寻桂子，郡亭枕上看潮头。何日更重游！”这是白居易《忆江南词三首》里的第二首。“桂子”当然是桂花，“山寺”应是泛指。《忆江南》又名《望江南》《梦江南》《江南好》，段安节《乐府杂录》上说：“《望江南》……本名《谢秋娘》，后改此名。”谢秋娘想必原系教坊歌女，被才子们写成了曲牌名。白居易和苏东坡都在杭州做过地方官，都兴修水利，留下白堤和苏堤。兴修水利，是因为当时的西湖还是野的，还是难以驯服的。被驯服的杭州，才是“浓妆淡抹总相宜”。宋词固然是多，固然是好，但我也喜欢唐人的词。唐词总量少，但就像未驯化的西湖，保持着自然流畅的元趣味和真美。比如白居易的这组《忆江南》，比如相传为李白所写的《忆秦娥》。有意思的是，从美学风格上，白居易的词写得像李白的诗，豪放不羁，抒情性强。而李白的词，则写得像白居易的诗，浅白、平易、饱蘸情怀。

生长在中原的白居易，用这组《忆江南》，把客居的江南固定在历史风光里。这是文字叙述中的杭州。各种叙述的合力，将杭州捧到了天堂的位置。20世纪前半叶，杭州与北平、上海构成文化三角，各有其妙。北京传统，上海时尚，杭州仿佛是二者的调和。从杭州及其周边的苏浙皖，走出了中国现代文化和现代文学的半壁江山。以忠实于“自叙传”风格写作的郁达夫为例，在杭州邂逅王映霞，1928年春天签下婚约，直到1939年在新加坡《星岛日报》发表离婚声明，一生最美好的时光都在西子湖畔。每次读郁达夫的文字，总能读出杭州的地理和杭州的蛛丝马迹。

诗词里的桂花也是如此。唐宋诗词，特别是南宋时期的诗词，以“岩桂”直接入题的数不胜数。这里面，有个别可能是少花桂，绝大多数应该都是原产地为中国的普通桂花。杨万里的《岩桂》写道：“不是人间种，移从月中来。广寒香一点，吹得满山开。”嫦娥奔月，吴刚手捧桂花酒，广寒宫的桂花当然是中国品种。桂花在中国的栽培史长达两千五百余年，《吕氏春秋》盛赞其为“物之美者，招摇之桂”。

把岩桂和桂花区别对待是这些年植物学界的事。我自己倒是一直不分。这是沿袭老习惯了。

采菊东篱下

一直犹豫，文章标题是不是应叫“含英咀华”。含英咀华，英和华都是植物界的馈赠。蔬菜是其中的先行者，是烈士，向它们致敬。还有一种植物，基本功能是审美，但偶尔也会进入杯盘，甚至被文人化，比如菊花。在中国画“四君子”图里，梅兰竹比较入画，就长相而言，菊花可能最不好画，很少有画家能把菊花画得有神，包括齐白石。有一次在单位附近的北京画院看齐白石特展，老爷子画中秋，虾和蟹都很精彩，配菊花，菊花没精打采，差了点意思。

不上相的菊花在中国人的杯盘里，特别是在中国文人的文字里，地位很特殊，相当于妙玉和探春的结合——既尊贵，也有难以道白的隐情。隐，几乎是菊花的标签。

“少无适俗韵，性本爱丘山。”陶渊明可以写出“采菊东篱下”，可以写出《归园田居》，可以写出《桃花源记》，有个人个性原因，也有时代潮流的推助。陶渊明生活的晋代，被叶兆言在《南京传》里誉为文人的时代，并不是因为政治清明、经济繁荣，而是因为这一时期朝政更迭频繁，城头变幻大王旗，当是时也，老百姓对朝政的热情严重减退，生活美学作为审美对象格外受到关注。生活美学的创造者、掌握文化知识并有一定社会地位的士人阶层勃兴，“魏晋风度”“名士风流”这些词应运而生。魏晋风度不止一种，陶渊明属于隐逸派。学而优则仕，隐逸虽然不是光明正途，但也还在儒家所谓“达则兼济天下，穷则独善其身”序列，一些文人墨客往往以此为退路和归途。朝中有人好做官，朝中无人难做官，中外古今皆如是。翻看陶渊明的家世，虽不及王谢显赫，但也有光荣历史，其曾祖陶侃因有战功被封长沙郡公，祖父和父亲都曾入仕，陶家在江西浔阳算得上大族。到了陶渊明，一朝天子一朝臣，随着家族衰落，即便学富五车，最高职位也仅是七品彭泽令。官场等级森严，职位低，就得“摧眉折腰”。陶渊明干得不舒服，俸禄也不高，公子哥的脾气上来了，遂挂印辞官，退隐山林，结庐桑落洲。

在“陶渊明”的百度词条下，有两个“第一”比较打眼。一是“文学史上第一个大量写饮酒诗的诗人”，一是“田园诗派创始人”。说到这两个“第一”，都绕不开桑落洲。桑落洲是古战场，据南宋成书的《舆地纪胜》卷三十一记载，大概位于今安徽宿松县、湖北黄梅县和江西湖口县三省交界处，中心位置在今安徽宿松县汇口镇归林村。“归林滩，古桑落洲也。”这是清同治十年（1871）湖北崇文书局印制出版的《长江图说》对桑落洲的记载。从汉末名将周瑜练兵点将至今，长江主堤多次决口、改道，桑落洲的行政归属也在不断改变，一会儿在安徽，一会儿是湖北，一会儿到江西。古今多少事，只能诗文见。长江和黄河都是中华民族的母亲河，如果从人与河流的关系看，长江沿岸特别是中下游因为一直有居住历史，留下的人文痕迹更多。比如桑落洲，方寸虽小，却汇聚了周瑜点将台、九洲八卦阵、周瑜墓、巢湖城、牧鹅林、桃花林、五柳庄、归林滩、桃花源、雷池等诸多掌故。著名的“不越雷池一步”就典出于此。在桑落洲，最意外的是遇到牧鹅林，它矫正了我的一个知识点。文人多的地区，文化被传播的可能性就大，比如绍兴郊外的兰亭鹅池，因为实在太有名了，一直被我当作王羲之习书之处。殊不知，桑落洲的牧鹅林才是书圣得道的源头。桑落洲，旧属彭泽，王羲之的堂叔王舒是彭泽县侯，王羲之在此生活时，叔侄二人闲来无事常常登洲远眺成群结队地翔集水面的大雁。鹅是驯化的野雁。江州刺史李矩的夫人卫铄是王羲之的书法老师，在书家辈出的东晋，卫夫人以女流之身，能作为书家名世，确有超常之处，比如主张“师法自然”。据说，卫夫人卫老师要求王羲之学书法不能光躲在书房里练帖，要走到大自然里，赏雁姿鹅态，习山水树木之韵。桑落洲的牧鹅林，据说是王羲之驯鹅的林子，也是其书法灵感之源。后来有传说，说卫夫人与王羲之乃姨甥关系，是不是姨甥关系，对于书法家王羲之来说不重要。重要的是，以贵胄之身份，以王家书法之盛名，王羲之尚能青出于蓝胜于蓝并能成为一代书圣，我想大概得益于善习、勤习和多习。

桑落洲，是王羲之书法得道的地方，也是陶渊明“归园田居”，把自己缔造成田园诗派创始人的地方。陶渊明是个典型的宅男，彭泽也好，桑落洲也好，包括原籍宜丰，生活和工作的半径始终没有超出彭蠡湖即今鄱阳湖周边。“结庐在人境，而无车马喧。问君何能尔？心远地自偏。采菊东篱下，悠然见南山。”“心远地自偏”与“心静自然凉”是一个道理，有主观唯心主义的色彩，但恐怕也是当时当地自然环境的一种折射。东晋末年距今一千六百多年，虽然经过秦汉政治和经济休整，人口总量较诸侯争霸时期有所增益，但与今天比较，毫无疑问是小巫见大巫。人口少，人口密度自然就低，人和自然朝夕可见才有可能，也即“采菊东篱下，悠然见南山”才会成为现实。“山气日夕佳，飞鸟相与还。此中有真意，欲辨已忘言。”诗的后四句讲的都是南山美景和放松的心情。南山也即今天庐山，宋代阳枋有诗证曰：“阻风桑落洲，悠然见庐山。”作为田园诗派创始人，陶渊明写田园生活，不仅意象包括形象丰富独特，对于自然的描写生动贴切，而且每每都有新意。这就是他的高级。一个诗人，一个文学家，最后决定他能走多远的，是其视界和胸怀，说白了就是观察和理解事物的方式。农耕文明时代是这样，后工业文明时代也是这样，从农耕文明到后工业文明变化的不只是生存样式，还有看世界的方式。美国学者尼古拉斯·米尔佐夫在《如何观看世界》一书里写道：“当印刷机发明，第一份出版物诞生时，人们不可能想象出大众文化水平提高会如何改变这个世界。两个世纪前，由于战场太大，想要看到全貌无法靠裸眼，于是精锐部队运用一些视觉化技术来想象战场的实际状况，而今天，这个技术已经转化到亿万人的视觉文化中。它令人同时感到困惑、无序、解放、焦虑。”视觉是一种文化，会演化成认识世界的方式，演化成世界观。世界观是一种选择机制，所处位置不同，出发点不同，对事物的认知也会不同，是“横看成岭侧成峰，远近高低各不同。不识庐山真面目，只缘身在此山中”。

作为隐者的陶渊明，世界在他的眼里，既是回返自然的真切，又是加了菊花滤镜的诗境。菊花因为陶渊明的缘故，被人格化，成了隐者的花，故今天还有“人淡如菊”一说。菊花是后来的事了。一千八百多年前的桑落洲，最有名的植物是周瑜下令种植的桃林和柳林。汉末此地属吴，周瑜来此安营扎寨，建巢湖城，照八卦图种桃柳二树。柳树九棵，到了陶渊明的时候，经历大水和战火摧残，剩下五棵。挂印归隐的陶渊明结庐五柳，“五柳先生”根出于此。桃树长成桃林，成了桃花源。“忽逢桃花林，夹岸数百步，中无杂树，芳草鲜美，落英缤纷，渔人甚异之，复前行，欲穷其林。”桃林如此芬芳美妙，不乏诗人的艺术想象成分，当然也应该是江岸春景的实录。长江沿岸特别是中下游，气候四季分明，春季湿润多雨，桃花盛开的季节，就产生了一个带有香艳意味的词——“桃花雨”。

桃，发源于中国，花看起来娇艳，树的生存能力却极强，东西南北中，各种气候条件下均可栽培。中亚和欧洲的桃树也是丝绸之路打通后引种过去的。虽然各地都有桃树，但生在山重水复的江南，和长在一马平川的大平原，桃花的气韵和风格多少还是有差异，有时候差异还不小。论到桃林的美，还是南方，因为有水，显得略胜一筹。

北京朝阳公园靠北的空地上有一大片桃林，是我春天必去的地方。早春三月，风吹过，落英翩跹，细弱的花片常被混淆成樱花，总以为是外来物种的入侵。北方的水土难道不应该只盛产浓烈香艳的大牡丹吗？这当然不仅是知识误区，也是文化偏见。桃，作为果实，在华北和中原的栽种历史可远追至春秋战国。春秋战国时期，华北和中原是中国的中心，人口密度大，随着人类对于食物的需求增多，种植业发达起来。《诗经·国风·魏风》第三篇《园有桃》记载："园有桃，其实之肴。心之忧矣，我歌且谣。不知我者，谓我士也骄。彼人是哉，子曰何其？心之忧矣，其谁知之？其谁知之，盖亦勿思！园有棘，其实之食。心之忧矣，聊以行国。不知我者，谓我士也罔极。彼人是哉，子曰何其？心之忧矣，其谁知之？其谁知之，盖亦勿思！"标点符号都是后来校注所加，可以忽略。这是一首居安思危、表达现实忧虑的诗。总体意思是提醒君王，在诸侯称霸、战火纷飞之际，魏虽然今天有吃的有玩的，但不能小富即安，要看到潜伏的危机。桃和棘，这个时候已是可食用果实，以此类比生活安逸富足。魏国的疆土大约在今天山西和河南一带。魏风，是魏国官方采录的民歌。《诗经》里，收了七首魏风。风的特点是“兴观群怨”，用今天的话说，就是具有现实主义和批判现实主义精神。魏风的批判现实主义色彩相对突出，小学课本里收录的批判官员贪腐的《硕鼠》一诗也出自魏风。阅读的有趣在于仁者见仁、智者见智，比如从《诗经》里，从《园有桃》里，可以读到人类社会的发展细节，读到人类对于食物的探索和实验，读到植物学常识。桃，汁水丰美，被广泛食用还可以理解。棘，其实是一种果肉少味道酸的小枣，口感并不好，今天北方盛产的大枣应该是它的N次升级版。大枣是冀鲁陕豫的甜，苹果、桃、梨、西瓜等也大多如此。北方水果日照时间和生长期长，糖分积累多。比如西瓜，这些年物流便捷后，北瓜南下，南方人夏天才可以经常吃到沙甜的西瓜。从前在南方，夏天买西瓜是一项技术活。母亲长得娇小，西瓜上市了，下班回来手上总要费劲地抱个瓜。切西瓜时，开瓜的瞬间，瓜裂了，如果是清脆的声音，那是运气好，不仅甜，还可能是沙瓤。但如果一刀下去切不动，还要再使点儿劲，八成不甜，甚至不熟。过去的人生活节俭，不甜和不熟的瓜也大多不扔，母亲说比白开水甜。南方燠热，东西搁不住，吃瓜都得当天买，最好是瓜蒂见青。我来北方后，夏天最开心的就是可以闭着眼睛买西瓜，而且，如果是豪爽派，可以一次买几个，堆在家里，慢慢吃。北方、南方，没有好歹，气候不同，食性不一样。哪怕是同样的西瓜，南方和北方都会有不同的吃法。

采集大自然的果实作为食物，是食物的第一阶次。在人类食物谱系里，花朵大量进入食谱，也应该是在早期阶段。当人类开始定居，农业发达起来，五谷以及果实可以大量栽培后，对于花的食用开始大幅减少。再往后，以花之名，能够进入食物的越来越少。偶尔被食用的花，基本上属于锦上添花，不仅美味，而且规格高、要求高。比如俗称黄花菜的萱草花，是北方菜谱里木须肉的主角。在我们皖南，南瓜开花的时候，能干的主妇用面粉裹上花朵放进油锅软炸，我们叫“南瓜拖”（音），甜香鲜嫩的滋味无比难忘。这种吃法，在别处再没有见过。南瓜开花实在太美了，大概不忍心采摘，更不会用到油炸这种残酷的吃法。但对于舌尖，确是美好的记忆。

菊花和桂花也会进入食谱，比如做成各种甜点和饮料。杭州的桂花有名，直到十二月大雪纷飞，老浙大的校园里还飘着桂花的香味，这个时候，我们往往会用烫开的水冲藕粉，关键是一定要加两勺桂花。没有桂花的藕粉，杭州人是不吃的。杭州出文人，文人去得也多。文人好吃，也会吃，吃完还会写，于是这种吃法就传播开了。比如菊花。关于菊花的最早记载，据说是《礼记·月令》，中有诗云“季秋之月，鞠有黄华”。“鞠”就是菊。从屈原的《离骚》开始，菊花入了餐盘，“朝饮木兰之坠露兮，夕餐秋菊之落英”。看起来很美，吃起来什么滋味？以花入菜，特别是花蕾部分，质地硬实，入味恐难。所以，桂花可以成为甜点的配料，但当不了主角。我吃过一道凉菜，是将茉莉花和鲜杏仁加盐加芝麻油凉拌，颜色好看，青青白白，吃起来却是一般。迄今为止，还没有吃过正经拿菊花的花朵当食材主料的菜，但春天时，用菊花的嫩叶和鸭蛋做汤，是江南的一道特色菜，我们的土话叫“菊花老”（音）。鸭蛋必得油煎，切成块，然后下到汤里，菊花叶最后点进去。这道菜的主角看起来是鸭蛋，但压轴的是菊花叶，吃的是芬芳四溢的山野之香。陶渊明是菊花的知音。陶渊明采菊何为？我想无非两大为：一是作为审美对象插在花瓶里，二是作为食材下下油锅。以陶渊明之清淡性格，菊花似乎只合吟诗作画用。但我想，陶渊明不还有“文学史第一个大量写饮酒诗的诗人”的名号吗？诗酒不分家，何以佐酒？菊花也。这似乎才见出一些风雅。

古人的酒多是自酿的粮食酒，诗酒不分，酒既是饮料，饮酒也是一种生活方式，古人写诗是常态，酒自然也每每入诗。流传至今的名句如“葡萄美酒夜光杯，欲饮琵琶马上催”“劝君更尽一杯酒，西出阳关无故人”“白日放歌须纵酒，青春作伴好还乡”，都是魏晋之后的唐诗。唐之前，像陶渊明大量以“饮酒”为题，一写就是二十首，并有名诗名句传世者，一时还真想不出他人了。这二十首诗，隐逸是基本主题。“采菊东篱下”一句出自

《饮酒·其五》，也是陶渊明田园诗的代表作。陶渊明之后以酒而名的诗人，毫无疑问是李白了。据诗人兼历史学家郭沫若统计，李白现存一千零五十首诗，百分之十六即一百七十首与酒有关，如“人生得意须尽欢，莫使金樽空对月”，等等。李白爱喝酒，酒量似乎也大，是“一杯一杯复一杯”。李白的死因之一便是醉酒溺水而亡，埋骨当涂大青山。李白是浪漫主义诗人的杰出代表，浪漫主义的特征是始终葆有青春激情，这就使我们错以为李白要比杜甫年轻，要比杜甫酒量大。杜甫因为诗歌沉郁顿挫，显得年长老成。其实不然，也是郭沫若的统计，杜甫不仅比李白年轻能喝，而且一生写了三百首饮酒诗，比李白要多一百多首。杜甫的饮酒诗中流传较广的是《曲江二首》。曲江，即今天西安的曲江区。杜甫生在盛唐，盛唐的曲江是当时长安城最大的名胜风景区，位于长安城南的朱雀桥东边。“一片花飞减却春，风飘万点正愁人。且看欲尽花经眼，莫厌伤多酒入唇。江上小堂巢翡翠，苑边高冢卧麒麟。细推物理须行乐，何用浮名绊此身。”杜甫在“其一”里写到的“苑”即唐代曲江芙蓉苑，今天的曲江新区前些年也仿造建了个大唐芙蓉园，味道似乎不太对。“朝回日日典春衣，每日江头尽醉归。酒债寻常行处有，人生七十古来稀。穿花蛱蝶深深见，点水蜻蜓款款飞。传语风光共流转，暂时相赏莫相违。”这是“其二”，比“其一”流传更广。“胜地初相引，徐行得自娱。见轻吹鸟毳，随意数花须。细草称偏坐，香醪懒再酤。醉归应犯夜，可怕李金吾。”杜甫这首《陪李金吾花下饮》，被诗论家称为“婉而多讽”。诗写得好而且酒也能喝的大文豪还真不少，比如苏东坡。“父老喜云集，箪壶无空携。三日饮不散，杀尽村西鸡。”豪放派的苏东坡写饮酒，也是“三日饮不散”，一派酒鬼豪气。“三日饮不散”，其实也怪不得苏东坡。东坡是诗人，也是水利学家，一生修了三条大堤，“东坡处处筑苏堤”。最有名的是杭州苏堤。西湖长期淤塞过半，湖水干涸，湖中长满野草，严重影响了农业生产。元祐五年（1090），苏东坡做杭州知府的第二年，动用民工二十余万，疏浚西湖，建三塔（三潭印月），修筑纵贯西湖的长堤即苏堤。其他两条苏堤，一条是其被贬颍州（今阜阳）时，在颍州疏浚西湖并筑堤；一条是被贬惠州，也疏浚西湖并修长堤。“三日饮不散”，说的是在颍州筑完长堤后与百姓同欢共饮一事。以东坡的文名和行政能力，似乎应该有更大的腾挪空间才是，但观其一生，运途颠簸，南南北北，上上下下，几乎没有停息。这个时候，苏东坡的实事求是、变通旷达的优点表现出来了，入世，也出世，交友广泛，好朋友中就有佛印和尚这样的出家人。有大隐之气的苏东坡，比较经得起折腾。

桑落洲在陶渊明笔下是田园牧歌，是桃花源。成为田园派需要硬件条件，最起码要有可以养活自己及家小的土地，有可以“结庐在人境”的基本金，有可以吟咏欣赏的风花雪月。风花雪月中，风、月和雪都要拜大自然所赐，可遇不可求。只有花是可以种植，可以主动作为。陶渊明之后的唐代诗歌鼎盛时期，菊花屡屡直接入题。“暗暗淡淡紫，融融冶冶黄。陶令篱边色，罗含宅里香。几时禁重露，实是怯残阳。愿泛金鹦鹉，升君白玉堂。”这是李商隐的《菊花》。“秋丛绕舍似陶家，遍绕篱边日渐斜。不是花中偏爱菊，此花开尽更无花。”这是元稹的《菊花》。在李商隐和元稹的诗里，陶家直接入了典。“满园花菊郁金黄，中有孤丛色似霜。还似今朝歌酒席，白头翁入少年场。”这是白居易的《重阳席上赋白菊》。“故人具鸡黍，邀我至田家。绿树村边合，青山郭外斜。开轩面场圃，把酒话桑麻。待到重阳日，还来就菊花。”这是孟浩然的《过故人庄》。在白居易和孟浩然的诗里，菊花入眼，也入了席。

北京的山大多在西边。住在东边的朝阳，二十年前，推窗可见西山。这种场景今天看来是梦境了。二十年前，单位分房，房改前最后一次福利分房，老老少少很兴奋。依据各种标准打分、排队、领房。轮到我们，毫不犹豫地选了朝西的房子，无他，视野好，楼下有花园，抬头见西山。因为遥远的西山，夏天的西晒，冬天的西北风，都可以忍受。人人都爱西边的西山，有摄影组的同事，甚至在西窗常年架设了一台高倍专业照相机，记录西山四时晨昏变化。遗憾的是，不出三年，这个小资情调便被一座座拔地而起的高楼粉碎。绵密的楼缝间，偶或才可见到西山的倩影，还得在雾霾不来光临之时。看好莱坞科幻大片，常常能看到类似镜头：当地球部落化，视域外的空间或宇宙不再漫漫无边，找到一个相对局外或安稳的角度，把变化放在不变的镜头下观察，原本焦虑的心境会放松一点。这是美国人解决焦虑的方式。我们是中国人，中国古人善于把自然对象化，做隐逸派，天人合一，物我两忘，忘却了，就不存在什么“三千烦恼丝”和“人间阿堵物”了。我们做不成隐逸派，建设生态文明还是要呼吁一下的。

对了，一直在想，“梅兰竹菊”四君子，为什么偏偏菊花最不入画？想来想去，大概是骨骼的问题。梅兰竹，在中国画里，都是以少胜多，以瘦胜肥，所谓“骨骼清奇”也。菊花，即便被称为淡菊，也还是草叶丰茂、花形圆满，故而比较起其他三种，较难画出神采来：画得太饱满，不像君子样；画得瘦弱，不符合实际。另外，菊花除了古人说的“黄华”外，紫色、白色、红色、绿色等等，应有尽有。还有一种叫大丽菊的，我小的时候养过，开出来的花瓣儿长长短短，像萝卜丝，也像狮子狗的鬈毛，当然，它已经不同于“采菊东篱下”的菊花，它是洋品种，来自墨西哥。

丁香空结雨中愁

窗外已是北京的秋。北京的秋最美。老舍先生有篇著名散文就叫《北平的秋》，古都味道跃然纸上。生活中的诗意，往往是文人墨客用诗文的形式展示之后，才被大多数人发现、欣赏并内化为一种习惯和乐趣。所以，美好的东西也需要不断地言说。

北京今年由夏入秋，以一场下了整整一夜的大雨为标志。从春到夏，大大小小已经下了五十六场雨。庚子年雨水多。早晨起床，天高了，空气透了，地上也湿了，湿得像南方的夏季。这在北京，是极少有的事。南方不稀罕。

南方的三月，一下雨，就有了诗意，是戴望舒笔下的《雨巷》，“我希望逢着/一个丁香一样的/结着愁怨的姑娘/她是有/丁香一样的颜色/丁香一样的芬芳/丁香一样的忧愁/在雨中哀怨/哀怨又彷徨”。戴望舒是诗人中的建筑家，精通音律，讲究句式，这首《雨巷》也是中国新诗百年的代表作之一。它贡献了三个独特意象：“雨巷”、“油纸伞”和“丁香一样的/结着愁怨的姑娘”。“丁香一样的/结着愁怨的姑娘”甚至比“雨巷”还要引人注目，成为中国美学的典型意象。“雨巷”和“油纸伞”倒成了“姑娘”的陪衬。

把“丁香”作为“姑娘”的前缀，是戴望舒的发明，写出了少女情窦初开、含苞待放的样貌。把“结着愁怨”缀在“丁香”后面不是戴望舒的首创。丁香花朵纤弱，未开之时花蕾密布枝头，摇摇欲坠，民间早有丁香结、百结花之称。清代学者厉荃依据大量文献“考辨源流”，专门编撰了一本《事物异名录》。这本关于事物名称的工具书总共四十卷，提供了多方面的常识和名物线索，既有意思，也很珍贵。谈到丁香，《事物异名录·花卉·丁香》

写道，“江南人谓百结花”。我虽为江南人，倒不知道这种叫法。这也不奇怪。物质在横向和纵向流传过程中，随着地域变化、语言变化和历史实践变化，同实异名成为普遍现象。有时同一种事物甚至出现几十种叫法，有的源自民间方言，有的则是文人墨客自创，二者之间时有交叉。比如，关于江南一带把丁香叫作百结花的记载，目前所见，最早只有这本《事物异名录》。这就有两种可能：一种是江南早有此说法，但只是作为方言，不登“大雅之堂”；一种是这种说法在江南也只是局部流传，厉荃本人的田野调查做得比较详备，才有可能把大大小小各种有用的信息“一网打尽”。可以看得见的事实是，随着《事物异名录》一书的传播，在“丁香”的名录下，自此加上了“百结花”这一别称。这大概也是“立言”的一种表现。

娇小柔弱的东西比较讨喜。这是文人式的审美。文人式的审美渐渐也影响了普罗大众，成为中国式审美。中国式审美对于年轻女孩是百般宠爱，所以有“花季少女”之说。“如花似玉”，大概率说的也是妙龄女孩。妙龄女孩即便愁锁双眉，也美妙动人，甚至另有一种不能言传的美。成语“东施效颦”里的“颦”，是皱眉的意思。《红楼梦》第三回，宝玉初见黛玉为其取号“颦颦”，此后“颦儿”成了黛玉的昵称。借宝玉之口，将“颦”字赠予黛玉，是曹雪芹的偏爱。这个皱眉的始作俑者是美人西施。西施心口痛，估计是缺铁性贫血所致，便用手按着心口，皱着眉头。西施皱着眉头的样子也很美，被可怜的东施看见了，于是学她的样子，也按着心口，皱着眉头。东施估计不仅容貌丑，年龄只怕也不小，皱着眉头的观赏效果可想而知。

对于瘦弱、纤细、哀愁表现出的这种特殊的关爱，可以用一个成语概括，叫“我见犹怜”。以惆怅、忧愁比喻丁香，是对丁香“我见犹怜”姿容的一种特殊嘉许。五代南唐中主李璟写过两首《摊破浣溪沙》。一首是《摊破浣溪沙·手卷真珠上玉钩》，写道：“手卷真珠上玉钩，依前春恨锁重楼。风里落花谁是主？思悠悠。　　青鸟不传云外信，丁香空结雨中愁。回首绿波三楚暮，接天流。”青鸟在文化传播中一直有信使之名，“青鸟不传云外信，丁香空结雨中愁”，把丁香比喻成痴情守候远方来“信”的姑娘，不免令人产生种种遐想。这句写丁香和春愁的词，是千古名句。我其实更喜欢李璟的另一首《摊破浣溪沙·菡萏香销翠叶残》：“菡萏香销翠叶残，西风愁起绿波间。还与韶光共憔悴，不堪看。　细雨梦回鸡塞远，小楼吹彻玉笙寒。多少泪珠何限恨，倚栏干。”写荷残和秋思，虽是愁绪满怀，但用典自然，节奏流畅，各种物象的运用既恰切、生动，又跳跃、丰富。中主李璟与后主李煜还不同，李煜更愿意做太平君主或者享乐君主，而李璟有一定的政治抱负，在位时曾经征战边关，但才干有限，用人又不当，本人也奢侈荒淫，以致在其手里，南唐疆域一度有所扩大，后又大幅缩减，并不得不对宋称臣，被迫迁都南昌。各种郁积难解，自然遣怀入诗入词。李煜作为李璟的第六子，原无江山之图，偶然做了君主，直接经历失国丧权之辱之痛，成了阶下囚，受尽各种委屈，但性子较软，更具有文人气。父子二人皆诗词大家，提笔行文包含的真意本意，常人往往难以猜度。一旦起了缝，被猜度，也便出了大事。相传李煜最终毙命就是因为《虞美人·春花秋月何时了》这首词。这首词是李煜被囚禁开封后第三年所作。李煜虽然不像其父有“帝国情结”，似乎是一心一意地做文人，写字、画画、填词，然而，填着填着，还是掩饰不住地流露出真心，写出了“故国不堪回首月明中”之类词句。把故国之思比作春愁，比作无法回流的一江春水，《虞美人·春花秋月何时了》为李煜带来了杀身之祸。根据北宋王铚的笔记体文集《默记》记载，写这首词之前，李煜曾对前来探访的南唐旧臣徐铉叹息，后悔当年不该错杀忠臣良将。宋太宗赵光义听闻徐铉告密之后动了杀心。李煜写下这首《虞美人·春花秋月何时了》后，赵光义立刻派人送去牵机酒。所谓牵机酒，据说是泡了中药马钱子的酒，人喝下后中枢神经系统被破坏，抽搐，剧痛，头脚缩成一团，立时毙命。送酒给李煜的人也有名有姓，是赵光义的弟弟赵廷美。赵廷美曾与李煜谈诗论艺，两人交情不错。李煜死时年仅四十二岁。真实死因，宋史当然不会记载。好在有《默记》。《默记》专门记录北宋朝野遗闻，共三卷，被《四库全书》收到子部小说家类。根据《四库全书总目提要》，“铚熟于掌故，所言可据者多矣”。原因就在于这位王铚不仅出身世家，做过枢密院编修官，而且学问真的很好，是北宋著名的史学家。《默记》的写法略略有点像小说，注重细节和人物描摹，对于研究北宋历史很有帮助。

李煜当皇帝不称职，作为文人倒是相当优秀，艺术造诣高，词好，书和画也不错。可惜的是，由于年代久远，加上又是废君，我们今天已经万难看到李煜书画的真容，对于其书画才情，只能依据古人的评价，依稀想象了。

根据北宋太原画家郭若虚《图画见闻志》所写，“江南后主李煜，才识清赡，书画兼精。尝观所画林石、飞鸟，远过常流，高出意外”。除了林石、飞鸟，李煜其实更擅长画竹。所画之竹无缘得见，但所写之竹不妨枚举一二。比如《虞美人·风回小院庭芜绿》中的“风回小院庭芜绿，柳眼春相续。凭阑半日独无言，依旧竹声新月似当年”，又如《菩萨蛮·铜簧韵脆锵寒竹》的“铜簧韵脆锵寒竹，新声慢奏移纤玉”。还有《三台令》：“不寐倦长更，披衣出户行。月寒秋竹冷，风切夜窗声。”从李煜现存于世的三十八首诗词里，能找到的大概就是这些，看来写竹不及画竹用力。

《图画见闻志》是中国绘画史的重要著作，包括史论、画传、画事三部分。郭若虚的曾祖即为当年率兵平定金陵、劝说李煜前往开封的北宋名将郭守文。所以，郭若虚说“尝观”李煜书画应是可信的。前两年曾在某杂志上看到研究李煜书法的文章，随文还展示了相传李煜行草所书《入国知教帖》局部。由此，才第一次看到李煜的“金错刀”笔法以及帖后米友仁的跋语。李煜的行草确实美不胜收，清雅潇洒不言，居然还有温柔敦厚之意，放得开，也守得住，像他后期的词一样，品格卓然不群。《入国知教帖》来自《礼记·经解》。该帖曾于1975年在香港《书谱》杂志完整刊发。《书谱》杂志由于右任的弟子梁披云创办，在书画界影响很大，后来据说停办了。

毕昇发明活字印刷术后，北宋包括前朝的诗文保存和传播确实容易多了。李煜流传至今的诗词，主要分降宋前和降宋后两部分。降宋前的词，是典型的“花间词”风格。降宋后所作诸词，文辞清丽，意境深远，后世有诗评家认为开了苏轼一派词风的先河。今天流传较广的李煜的词也是这一类。以《虞美人·春花秋月何时了》为例，不仅在历朝历代的教坊中广泛传唱，即便到了当代，也不断有作曲家重新谱曲，许多著名歌星包括邓丽君在内都有翻唱。邓丽君唱这首叫《几多愁》的歌时，大概是20世纪80年代初，正逢录像厅、卡拉OK盛行，从城市到乡镇的大街小巷似乎都飘着“春花秋月何时了？往事知多少。小楼昨夜又东风，故国不堪回首月明中。　　雕栏玉砌应犹在，只是朱颜改。问君能有几多愁？恰似一江春水向东流”的歌声。一首歌曲的流行，让一首古典诗词活在了当下，这是大众文化的优势。当然，词在其生成的年代，本身也是大众文化的一种。

还有一个跟大众文化传播有关的故事。1947年，蔡楚生、郑君里以抗战为背景，拍了一部中国风格的经典电影，沿用李煜的“问君能有几多愁？恰似一江春水向东流”，就叫《一江春水向东流》。电影表现的也是离乱之苦。叙事时间长达十几年，从“九一八”事变到抗战结束，借由“家国一体”叙事模式，讲述民族的内忧外患和家庭的悲欢离合。即便以今天的审美标准来看，这部电影的故事结构和人物塑造也非常出色。电影插曲叫《月儿弯弯照九州》，很好听，改编自同名民歌。“月儿弯弯照九州，几家欢乐几家愁。几家夫妇同罗帐，几个飘零在外头？”这是民歌原词，南宋建炎年间出现在江苏一带。明末冯梦龙编辑的《山歌》曾收录了这首民歌。成为民歌，在某种意义上也是一首歌曲的最高待遇了。一首歌能流传，旋律要好听、好唱，歌词要形象、好记。总而言之，要有令人愉悦的节奏和打动人的歌词。这些年，对于古典诗词的推广传播，电视台做了各种各样的努力，什么《经典咏流传》，什么《中华好诗词》，什么《诗·中国》，什么《邻家诗话》，什么《诗意中国》……这些电视节目在一定的范围内取得了不错的传播影响，但比较起流行歌曲和电影的沉浸式影响，还是小巫见大巫，差得远了。

大众文化也要讲历史逻辑。历史的逻辑也是现实的逻辑，推己及人，不能讲通的道理显然不会符合历史逻辑。就拿近来很受关注的电影《八佰》来说，尽管导演管虎非常有想法，也善于调度战争大场面，镜头语言特别生动，许多细节令人难忘，可以看出中国导演的才华，但是，有人批评“管虎浪费了一个绝好的题材”，不是没有道理。这部电影最大的败笔，也是致命之处，就是“隔岸观火”这个对比情境概念化的表现。对面是战场，日军轰炸机不断逡巡，仅仅隔着一条窄窄的苏州河，租界这边不仅歌舞升平，还扶着栏杆谈笑风生。这种看热闹的情形，无论是中国人还是洋人，从人性的角度看，都是不合理的。从受众接受的角度，也是不可信的。“八一三”淞沪会战，中国士兵折损近三十万，侵华日军的残暴无耻暴露无遗，租界里的中国人能够不害怕、能够不愤怒、能够面不改色地隔岸观火？子弹不长眼睛，租界里的各国洋大人能够事不关己地看热闹？在一部严肃的历史题材影片中，简单化和类型化地处理历史里的人和生活，让影片大大减分。家国一体，对于民众来说，南宋绝大部分时光都是痛苦的时光。节节退让，割地求和，许多人从此流离失所。这也是南宋词人大多生活在长江以南特别是浙江一带的缘故。

“今日诗坛谁是主，诚斋诗律正施行。”诚斋是杨万里的号。生于南宋建炎年间的著名诗人杨万里，写了一组《竹枝歌》。第一首直接步民歌《月儿弯弯照九州》旧韵，“月子弯弯照九州，几家欢乐几家愁。愁杀人来关月事，得休休处且休休。”九州也即中国。“几家欢乐几家愁”是南宋中国的实况直播。在山河破碎的时代大背景下，又有几人能高枕无忧，能吟风弄月？所以，近年来网络上包括线下出版界突然泛滥起来的“宋朝情结”，恐怕还是今人对于历史不切实际的想象。

晚唐李商隐的《代赠》也有“芭蕉不展丁香结，同向春风各自愁”之类诗句。百结，也即愁结。可见，丁香与“愁”早就结缘，丁香的愁主要指春愁和爱愁。如果真的到了哀愁和忧伤的地步，通常都是“寂寞梧桐深院锁清秋”，怨怼的因素大于爱了。只有春愁，如同春信，燃烧着期待和热力，所以代表春愁的丁香，也被称为情客。这是南宋姚宽的发明。才华横溢的姚宽不仅是卓有成就的诗词家，还是当时的著名学者。作为学者的姚宽，不仅格物致知，而且善于命名。收入《四库全书》子部的史料笔记《西溪丛语》，即为姚宽所著。这部笔记体著作分上下卷，共一百四十一条，文字素朴，包罗万象，信息量大。上卷谈到花卉植物时，将花分为三十客，把牡丹称为贵客，把梅花称为清客，把丁香称为情客，等等，如此富有创意的分类，充分展示了一个诗人学者的情怀和想象力。通过这些分类，约略可以知道，在长期的流传中，花卉们也形成了人格化的“社会身份”。当然，有些说法也很牵强，甚至反映了一种社会偏见，比如把桃花称为妖客。从杜甫的“颠狂柳絮随风舞，轻薄桃花逐水流”，到“桃花眼”“烂桃花”之类带有贬义的说法，桃花的寓意在有名无名的文学言说中被不断篡改，桃花的“社会身份”急剧下降。桃花的寓意发生根本性转变的节点不得而知，可以知道的是，姚宽往后，“情客”成为丁香的别名。

姚宽号西溪，会稽人，即今绍兴人。西溪是古名，在杭州，从老浙大的后门出去不远即是。我读书的时候，西溪还不叫西溪，叫“留下”。传说当年宋高宗赵构路过此地，赞不绝口说“西溪且留下”。金口玉言，“西溪”于是易名“留下”。与历史传说或历史人物有关，这也是事物命名的常见方式。由“留下”改回“西溪”是近年的事。大约十年前，“西溪住房一套”曾经写进广告，成为杭州引进高端人才的一个诱人砝码。作家麦家、刘恒似乎就住在西溪。

起名是学问。汉字是象形字，形意俱备，这样的名字方为上品。丁香就是好名。一种解释认为，丁香花形似钉，故曰“丁”。这个解释虽然勉强，但“丁”字形状纤细清秀，也能说得通。“香”是身份证，表明是花卉或植物。从发声方法看，“丁香”是开口呼，念起来响亮，这也是构成好名字的要素。对于姓名的讲究，大概是汉文化的固有习惯。少数民族就要好得多。老外更不讲究了，祖孙可以同名，每次读《百年孤独》，都会被“一世”“二世”搞糊涂。“讳名”“讳字”是汉儒文化的发明。不仅不能与先辈同名，而且禁止与当朝皇帝同名。史书文献里，往往一个人会在中途改名，原因就是皇帝变了，名字犯忌了。丁香确实好，好听，好写，意思也好，因此，以“丁香”为姓名的人还真不少，网上甚至还有一款“丁香医生”App。

柔美的事物不一定都生长在水草丰茂的土地上。以丁香为例，虽然当年戴望舒写《雨巷》，以从小生活的杭州大塔儿巷为原型，但丁香的原籍却是华北地区。西北也有。第一次真真切切地感受到丁香的“馥郁”，是到兰州读书之后，春天的夜晚，从教室到寝室的路上，突然就闻到莫名的香气，浓烈，舒适，让人欢喜。一方水土养一方植物。以华北和西北为例，守着黄河，黄土高原东西横贯。守着黄河，理论上不缺水，但黄土高原塌陷式黄土存不住水，植物通常无法生长。三十年前的兰州就是这样，哪怕是公园，也看不到什么鲜花和绿植。古老的五泉山公园略微好点，树木主要是杨树，年头长，根扎得深，相对繁茂。只有盘旋路上的兰大校园例外，仿佛是整个城市的花园。亭台楼阁，喷泉假山，有江南园林的玲珑剔透，也有北方院子的规整讲究，但也不足为奇。珍奇的是各种奇花异草。江隆基校长的雕塑就矗立在草坪上。江校长的背后是大片榆叶梅林，春天开花。不开花的季节，让人误以为是桃树，因此也叫小桃红。人工湖周边，包括逸夫艺术馆前面，是葳葳蕤蕤、绸缎一样富有光泽的紫藤，从藤到叶到花，“暮春时节，灿若云霞”，如同琼瑶小说里的主人公，美得很不真实。我对紫藤最初的认识由此开始。多年以后，单位楼下小广场上也种了紫藤，西北尊贵的紫藤，到了北京的大院，就变成了灰头土脸的二丫头。只有开花的季节，碰巧下了场大雨，蒙尘已久的紫藤才有可能露出真容。“紫藤挂云木，花蔓宜阳春。密叶隐歌鸟，香风留美人”，是李白笔下的紫藤。自古以来，在颜色的鄙视链里，紫色都位于高端，神秘、高贵。“紫气东来”，紫禁城，等等，似乎只有皇家贵族才能拥有这种颜色。紫丁香似乎也比白丁香出名。至于丁香，如果只谈审美，我还是喜欢白丁香。白丁香，更接近纯净，更像花季少女。

植物都有自己的存在方式。丁香花美，但丁香树却极其普通。不开花的季节，从树下走过时，甚至都意识不到它的存在。丁香花虽美，但纯就颜值而言，显然不及紫藤花曼妙。然而，没有人能忘掉丁香的姿容和芬芳。叫丁香的丁香花，其实也有两种不同的来源，科目也不同。古诗词里的丁香，是专门观花闻香的紫香，属于木樨科。这是中国丁香，南北朝时期就有人工栽培记录，到了隋唐，已是常见园林花木。唐代诗人中，白居易种花和吟花出了名。他的前辈杜甫住在成都浣花溪旁的草堂时，写了七首跟花有关的绝句，从寻花、恼花写到赏花，移步换景，意趣横生，取名《江畔独步寻花七绝句》。“黄四娘家花满蹊，千朵万朵压枝低。留连戏蝶时时舞，自在娇莺恰恰啼”，就是其中名篇，轻快、从容、飘逸、风趣，一反杜甫诗惯常的沉郁顿挫。杜甫这类风格的诗我最喜欢，更接近杜甫的本性。杜甫在《江头五咏·丁香》里写道：“丁香体柔弱，乱结枝犹垫。细叶带浮毛，疏花披素艳。深栽小斋后，庶近幽人占。晚堕兰麝中，休怀粉身念。”这是诗圣杜甫眼里的丁香，多少可以看出诗人的审美意趣。“揉破黄金万点轻，剪成碧玉叶层层。风度精神如彦辅，太鲜明。　梅蕊重重何俗甚，丁香千结苦粗生。熏透愁人千里梦，却无情。”同样是丁香，到了南宋李清照笔下的《摊破浣溪沙·揉破黄金万点轻》，恐怕就成了粗使丫头，没那么美好了。

对了，还有一种药用丁香，也叫丁子香，花蕾叫公丁香，果实称母丁香，桃金娘科，蒲桃属，是名贵药材和食用香料。原产于印度尼西亚，更适合生长在热带。印尼一地的产量就占世界总量的百分之八十。

不作天仙作水仙

“气之动物，物之感人，故摇荡性情，形诸舞咏。照烛三才，晖丽万有，灵祇待之以致飨，幽微藉之以昭告。动天地，感鬼神，莫近于诗。”钟嵘《诗品·序》第一句开宗明义，以此说明诗歌的“兴发感会”特质。南北朝时期，虽然笔记小说已有传播，词也初现雏形，但诗歌才是正途。《诗品》这一观点直奔本质，对于后世诗词包括其他艺术门类创作都有启发。兴发感会虽是一系列精神活动，但由具体对象而起，叫作“兴”。兴发感会，主体和客体互相成全。兴发感会，不是离题万里，更不是无中生有。好诗词与好小说、好电影一个标准，抒情也好，写实也好，整体结构决定成败，细节描摹决定品质。

以南宋诗人杨万里这首“水仙怯暖爱清寒，两日微暄懒欲眠。料峭晚风人不会，留花且住伴诗仙”为例。这是《晚寒题水仙花并湖山三首》之一，诗人从花的物理特性写到审美品格。“水仙怯暖爱清寒”，一是客观地说明水仙开花季节乃冬春之交，也即清寒时节；二是借此兴发感会，歌咏水仙的超凡脱俗。说“水仙怯暖爱清寒”，而不说“水仙怯暖爱酷寒”，说明诗人抓住了水仙的生长特性。熟悉，才会准确，能写出特点。“爱清寒”用得好。中国幅员虽广，基本上都在北回归线以北。冬末初春，也就是中国的春节来临前夕，太阳越过赤道，开始北移，气温略有回升。这个时候，东北还是冬天，是寒；广东已初春，清气拂面。无论北方还是南方，家家户户只要有兴致，都会用浅水瓷盆养几头水仙鳞茎，放在书房或者客厅，叫案头清供，是文人趣味，但已深入百姓生活。水仙这个时候开放，可不就是“爱清寒”？

“水仙怯暖爱清寒”，另有一层延伸含义，即清臧。

清减用在人身上，意味着消瘦。用在水仙这里，指清秀、飘逸，有形式美感。文人化审美，往往以“小、弱、秀”为美。“柳叶眉，杏核眼，樱桃小口一点点”，这是话本小说形容女性外貌之美常用的句式。20世纪90年代，有人较真，照此画像，刊发在报纸上，引起热议。其实20世纪30年代月份牌上的美女基本都是这一类。中国文人化审美，对于日韩两国的影响比较明显。在京都看著名的歌舞伎表演，一等再等，演员好不容易出场了，只觉得妆容姿态异常熟悉，想起了话本小说。日本的仕女图也基本如此。这样的长相好不好看？见仁见智。用今天的眼光看，真不一定喜欢。今天的眼光也未必代表明天的眼光，审美口味是不断变化的。

文人化审美，对于普通人的影响不小。记得三十多年前，也就是《红楼梦》电视剧定妆照刚出来时，大家议论纷纷。议论最多者也不是剧拍得好不好，而是陈晓旭扮演的林黛玉与张莉扮演的薛宝钗谁更好看，或者说林黛玉的扮演者陈晓旭与薛宝钗的扮演者张莉谁更漂亮。谁更漂亮谁更好看，完全由个人审美标准和审美口味决定。不过，选角导演也确实动了心思，陈晓旭和张莉，一个单眼皮小眼睛，一个双眼皮大眼睛，基本代表了古典和现代两种审美取向。最近，总听人说陈晓旭演的林黛玉最像林黛玉，言外之意，其他版本的林黛玉都差了点意思。林黛玉是曹雪芹笔下的虚构人物，谁也不可能见过，何以判断像与不像？无非是陈晓旭的单眼皮、樱桃小口一点点与消瘦羸弱，比较符合宋以后古典美女“清减”的标准。至于宋之前是不是这个审美标准，不好说。文字和影像很难完全对位。大家可能都忘记了，《红楼梦》电视剧刚出来时，说实话，好多人并不满意，特别是对黛玉受气包、小心眼、病恹恹的形象。甚至有专家公开说这是对黛玉的错解，黛玉聪明真诚、娇美可爱的人格魅力没有表现出来。哪怕是容貌方面，也有人不认为小鼻子小眼睛就是想象中的黛玉形象。

说研究《红楼梦》的红学蔚为大观，真不是夸张。不仅研究者众多，还形成了各种派别，理论成体系。红楼梦研究所就设在中国艺术研究院。我在院里读博士的时候，周汝昌、冯其庸、李希凡，这些研究红学的先生都还健在。周汝昌师出胡适，是考证派代表，与其他几位先生似乎不对路，也不大露面。我只在某次典礼上见过他，极瘦弱，说话很少。周先生去世后，看天津师大赵师兄的忆旧文章，才又有了一些感性认识。给毛泽东主席写信的“两个小人物”蓝翎和李希凡，从山东大学中文系毕业后，都分到了我现在供职的单位。我参加工作的时候，蓝翎早已退休，李希凡调任中国艺术研究院副院长。那个时候，每年春节前夕，部门还有把老同志请回来与在职编辑联欢的传统。有年冬天，已经调离报社多年的李希凡也来了，谦谦和和的一个人，怎么也无法把他与“蓝李失和”联系在一起。人世间，很多事真的很难讲。两位先生如今都已作古。

扮演林黛玉的陈晓旭后来经历了不少磨难，包括破产、生病。患病后的陈晓旭发胖、衰老，记者的采访文章和照片见报后，许多人都感到难过。大家都入戏了。扮演薛宝钗的张莉倒是嫁给了我的一位前同事，在单位宿舍楼住了一段时间。郎才女貌，是那个年代的传奇。要搁这个年代，出了点名的女演员，大概是不会嫁给一位工薪阶层的。我进单位的时候，这位前同事和张莉早已去了美国。后来好像又离婚了。

价值标准变了，审美口味也变了。在当代文化语境里，“风花雪月”连在一起，似乎具有特殊的指代，且含贬损之义。但在风还是风，花还是花，雪还是雪，月还是月之时，作为物象的它们，既是人类生存的自然环境，又是丰富和重要的审美对象。将风、花、雪、月入诗入词，投射并寄寓审美主体的情感、情绪、想象和理想，使之对象化、人格化甚至符号化，是诗词家的本事。也因此，我们今天读关于风、花、雪、月的诗词，才能从中读到岁月物候，读到好恶悲欢。风、花、雪、月无情无意，有情有意的是写诗填词者，是赏诗读词者。

古典中国有诗教传统。经过一千多年的传播影响，诗词文化渗透进日常生活，积淀为中国人的集体意识，衍生出审美逻辑，称为中国式审美。比如天人合一。天人合一是中国哲学的重要理念，中国式审美深受其影响。天人合一，在审美上突出表现为“移情”。这个“天”，包括日月山川，也包括植物或花卉。审美主体在不同的情境下欣赏植物或花卉，代入不同时期的主观感受，植物或花卉便具有不同的形象。久而久之，不同的植物和花卉在诗词家的文字里便分出了三六九等。君子文化是儒家文化的精髓，被誉为“四君子”的梅兰竹菊自然就位列上品。即便同一类植物或花卉，在诗词家的笔下，有时也要分出等级来。这个三六九等，基本以美感为指标。美有客观性，但美感是主观的。最典型的例子就是过去大家常说的林黛玉虽美，但贾府门房焦大不会喜欢。不仅焦大不会喜欢，现代男性也不大会喜欢，我曾就此采访过冯其庸先生。冯先生算是红学界的马列文论学派，大概没想到我会问这个问题，先是愣了，然后大笑起来。后来这篇文章以《与“瓜饭楼主”谈红楼》为题刊发出来。当然，还问了别的问题。好像是2005年《瓜饭楼重校评批红楼梦》出版那年，我曾去他在通州张家湾的家采访。如今，冯先生也去世好几年了。

知识是力量，审美知识也是力量。古典中国时期，知识分子或文人群体曾有个特殊的名称，叫士。名士、雅士、寒士、烈士、武士、士大夫，直接或间接由此而来。

士族掌握了知识和受教育机会，既有向上晋升的愿望和台阶——比如科举制度的发明，也有面向平民百姓的各种渠道，成为舆论和舆情的策源地。士有话语权，还能缔造生命和生活样式，对于平民的影响，主要表现为风气的倡导和感染。我们常说的四书五经六艺，都要拜各个不同历史时期的士的创造。四书五经不难理解。六艺即“礼、乐、射、御、书、数”，是周朝贵族教育体系中的六种基本能力，代表了审美生活的重要内容。按照六艺培养出来的男性，上马挎刀杀敌，下马调琴吟诗，才能称得上“翩翩浊世佳公子”。这是理想化人设，也是教育目标，相当于今天的“斜杠青年”和“通才”。辛弃疾、陆游包括苏轼，大概都属于这一阵营。这原本是士族制造出来的要求，后来成为封建王朝选拔人才的参考，渐渐成为寻常百姓教育子弟的追求。其中，写诗填词由于教习方式相对容易，被纳为科举选项，也是读书人具备的基本才能。

在创建审美生活并将其广泛流布方面，魏晋南北朝的士林发挥到极致。魏晋南北朝士林以反对东汉以来的形式主义为由头，提倡儒道结合，在日常审美和诗文审美两个层面都创造了具体的风范。魏晋南北朝时期，美学实践的极致成果是“竹林七贤”“魏晋风度”，可以参阅南朝宋人刘义庆撰写的《世说新语》。古人的笔记小说，是记录体，大多有生活原型，相当于非虚构文学。《世说新语》中的文章，虽寥寥数笔，但气韵生动，人和事跃然纸上，可以说是中国古代笔记小说的典范。我个人很喜欢看这一类文字，可以由故事入手，想象历史生活的细节现场。说实话，《世说新语》的观察能力，今天的许多职业小说家远远不及——不仅仅是书写功夫不及。书写功夫是基本功。好比打篮球，如果投篮不准，命中率低，即便姿势再好看，也不会有多少上场机会。书写基本功合格，可以打到六十分。之后就看观察和再现能力。没有观察能力，就没有再现能力。《红楼梦》千好万好，第一好是语言，第二好是再现能力和表现能力。所以，《红楼梦》虽然做了技术处理，虚化了具体的历史年代，但在各种评价体系里，都被描绘成表现中国封建社会政治、经济、社会和文化的“文学教科书”。前八十回，曹雪芹的勾描功夫一览无遗。据清代嘉庆年间统计，《红楼梦》总共出场了四百四十八人。这些人不仅有名有姓，不是家人甲、庄户乙，而是有貌有相，也基本有始有终。说明作家既有民主、民本思想，胸臆万千，又目光细致、手头功夫强。中国古典小说创作，在《红楼梦》时期达到了高峰。当然，当代也有好手，比如汪曾祺，简淡的三言两语就能抓住特征，写出味道。九百字的《陈小手》成为名篇不是偶然。汪曾祺往后，受其影响的作家，语言风格或能习得一鳞半爪，起源于观察的勾描功夫却很难学到。写小说是工笔活儿。沈从文和汪曾祺都属于手艺派，手头功夫强。人民文学出版社新近出版的《晚熟的人》，据说是莫言获得诺贝尔文学奖后的首部小说集。都是短篇，很解渴，有点契诃夫的味道，也有向“世说体”学习的苗头，令人感到意外。

《世说新语》之后的齐梁，相继出现了刘勰的《文心雕龙》和钟嵘的《诗品》。可见，南朝不仅是笔记小说的渊薮，也是中国古典文论的高光时期。关于《文心雕龙》的研究，甚至被称为“龙学”，与《红楼梦》研究被称为“红学”、《金瓶梅》研究被称为“金学”，有并驾齐驱之势。

文论大多是对前人和时人经验的发现、归纳、炼化，对后世创作实践富有指导性。“城头变幻大王旗”，齐梁两朝，小、短、乱，学中国史，每每读到这一段，总会被纷繁上演的各种人名和事件弄糊涂。历史的晦暗时期往往文学肥力大，变化，不确定性，蕴含着解读和想象的空间。这大概也是近年来一些网络作家喜欢以六朝为历史背景写作的原因。写得好的不多。南京土生土长的作家叶兆言去年出版的《南京传》倒是不错。看报道，这本书叶兆言也写了十年，下了功夫。其实，从传播学角度，历史题材的文学作品的传播影响，通常都要超过历史著作。日前发布的第四届“施耐庵文学奖”，《南京传》也获了奖。我感兴趣的是其中对于士族的描写。六朝朝政动荡，处于中间部分的士林反倒话语权更大，各种创作十分活跃。这种气候条件下，由《诗经》《山海经》以来的诗文创作，历经先秦风气激荡、两汉风骨锤炼，到了魏晋南北朝，人文竞秀，前期积累的经验自然而然炼化成理、成论。《文心雕龙》和《诗品》，特别是《文心雕龙》，被誉为“体大而虑周”。印象中，20世纪兴办现代大学以来，凡中文系开课，《文心雕龙》都属必修课，是读中文的学生必须要啃下的硬骨头。《文心雕龙》的作者刘勰也与南京关系密切。刘勰虽然祖籍山东，但出生在京口即镇江，成年后长期生活在南京，最后，在钟山的上定林寺出家、圆寂。在上定林寺原址依据古建筑修缮的定林山庄，设有刘勰纪念馆。刘勰的祖籍地所在的山东莒县，浮来山上也有座定林寺，是古刹，寺里有校经楼，寺前的银杏树据说有四千年了。毋忘在莒，莒县人以刘勰为念。可见，作为文人和出家人的刘勰，在世之日就站在了价值链的上游。《文心雕龙》科学系统，雅正周密，是大青衣。《诗品》相比而言，就是花旦，更接近鉴赏文体，有色彩，有姿态，敏于发现，敢于下判断。至于这个判断，今天看来，有不少有失公允。那是另外一回事了。

评价诗词的维度有很多，理论支持也很多。评论古典诗词，还是应该回到《诗品》和《人间词话》，回到《文心雕龙》中去，否则，总有隔靴搔痒之感。

以水仙为例，我一直怀疑今人以单瓣为贵，是受到古典诗词“兴发感会”的影响。以空为上，以简为美，单眼皮比双眼皮美，单瓣水仙比复瓣水仙珍贵。市场也助推了这种文人式口味，按图索骥，不符合标准者淘汰。多花水仙、复瓣水仙，我小的时候似乎就很少见到，现在更是无迹可寻。以至于有段时间错把韭兰认作复瓣水仙，韭兰也是石蒜科，只是花形较水仙要大。水仙是古老植物，早在希腊神话中就有记载。美少年纳西索斯看到水中也有美少年，不知道是自己的影子，欣喜地去摸，不幸溺水而亡。纳西索斯死后化为美丽的水仙花，可见水仙的美具有先在性。神话是原型叙事，原型是集体意识的来源之一。英语词汇里，“自恋症”的词源正是“水仙花”。希腊神话中的水仙，与今天法国、意大利的品种一脉，都是多花水仙。

中国人之钟情水仙，一是因香气清雅，二是因花形优美，少女般亭亭玉立。少女般的水仙不染纤尘，干干净净。这是开花了的水仙。开花之前，培养水仙也有趣味。未发芽叶的水仙球茎，长得像巨头蒜。水仙归到石蒜科，是不是由此而来？归到石蒜科的水仙，在成为观赏类花卉前，也许就是盘中餐。许多植物都是这样流变、进阶。百合是例证，据说开花百合的球茎仍然可以食用。水仙的球茎跟百合长得有点像。会种水仙的人，球茎入盆前，会用手摸一摸，硬的地方就是花苞，用小刀刮掉周边，露出花苞，这个过程叫“刻水仙”。刻过的水仙，早晚控好水，苗矮，箭多，再加上单瓣，就算上品了。

中国有文字记载的水仙培养历史有一千多年。波斯商人穆思密寄居江陵时，为了搞好与地方长官的关系，给江陵判官孙光宪送了几棵水仙。物以稀为贵，稀罕的种子或植物，在农业社会都是珍贵的礼物，好比清代各国使团来华进贡的西式钟表、今天名媛们受赠的LV皮包。话说回来，这个孙光宪可不是一般意义的地方小官吏。根据记载，孙光宪早岁家贫，由川入楚，定居江陵。“十五年来锦岸游，未曾行处不风流，好花长与万金酬。　满眼利名浑信运，一生狂荡恐难休，且陪烟月醉红楼”，这首《浣溪沙》里，作者抒发了自己的身世之感。这个作者就是孙光宪。孙光宪写诗，且是“花间派”代表，《花间集》里占了不少篇幅。孙光宪的诗词与其他诗词家相比，题材同是“风花雪月”，但有民本情怀，寄寓较深。这一点，与其经历和出身有关。经历丰富，能够看到各种世态，他的笔记《北梦琐言》以记录晚唐五代政坛、文坛和民间掌故为主，非常出名。善于记笔记的孙光宪，把受赠水仙这件事也记了下来。“孙光宪续注曰：从事江陵日，寄住蕃客穆思密尝遗水仙花数本，置于水器中，经年不萎。”这是晚唐段公路在《北户录》里的转述。这段话现在被看作中国本土水仙来源的重要记录。当然，也有说中国水仙最早是从意大利引进的。《北户录》又名《北户杂录》，以记录岭南风物习俗为主。水仙之事发生在长江中游的江陵，也收录进来，可见影响之大。

“孤帆远影碧空尽”“轻舟已过万重山”“窗含西岭千秋雪，门泊东吴万里船”等，这些诗句都说明在陆上交通不发达的古代，人们出行主要依靠水道。李白《早发白帝城》的“朝辞白帝彩云间，千里江陵一日还”，只是浪漫主义的夸张。白帝是今天的重庆奉节，从奉节到荆州，既没有千里，也很难在一日之间乘着帆船打个来回。“少小离家老大回，乡音无改鬓毛衰”，交通工具落后的背景下，古人入仕经商，有家难回，经常客死他乡；蜀道难，从川蜀出去者更是如此。从蜀道出来的李白五十岁后在江南盘旋、终老。从蜀道出来的孙光宪也不曾回川，江陵是孙光宪的福地。在看到的唐宋诗词家的资料中，关于孙光宪，既有生年，也有卒年，这大概与其政声不错有关。从江陵沿长江往东三百里，是黄州。北宋时因为“乌台诗案”被贬黄州的苏东坡，遍访古战场，诗兴勃发，前后《赤壁赋》和《念奴娇·赤壁怀古》都是此间完成。从蜀道出来后，苏东坡沿江沿海走了一大圈，最后客死常州。

唐代的江陵，也叫荆州。荆州其实是更古老的叫法。“禹划九州，始有荆州。”作为长江中游的政治和经济中心，荆州位置重要、物产丰富、人口稠密，历来是兵家必争之地。蜀汉大将关羽“大意失荆州”，应该是典型案例。此战之后，蜀吴实力改观，蜀自此走下坡路。近一百年来，特别是近半个多世纪以来，随着武汉中心城市地位凸显，沿江其他城市羽翼丰满，古老的荆州，多少有些失落。20世纪90年代中期，荆州曾与一河之隔的沙市合并，改名荆沙。在荆州是荆沙时，我曾经去看过它的博物馆。

荆州博物馆藏品之珍贵和丰富，很多省级馆恐怕都望尘莫及。两年之后，因民众强烈反对，荆沙改回荆州。地名其实是文化和历史，取名须审慎，改名也要审慎，否则就会留下千古遗憾。这个方面的典型案例是徽州，徽州改成黄山，“天下从此无徽州”。

中国最早引种水仙的江陵，风头早已被漳州抢去。漳州单瓣水仙一花独秀，应该是审美选择的结果。漳州也是古城。二十多年前第一次去漳州，是一个雨天，匆匆忙忙地看了两眼路边的鲜花。又过了若干年，大概是前年初秋，在闽南师范大学参加何振邦老师的研讨会。想看看百闻不如一见的水仙育苗。陪同的闽南师范大学老师显然很为难，说不知道哪里有。漳州水仙名声在外，核心技术看来对内也保密。在北方，水仙理论上可以两度绽放。一次是春节前夕，暖气来了之后，温度适宜，养在瓷盆里的水仙养得好，可以赶在春节期间开放。一次是三月上旬，气温整体回暖，正是每年全国“两会”召开之际。“跑两会”像打仗，需要体力好，一般都是年轻记者担纲。其中，开闭幕式侧记是容易出彩的规定动作，可以发挥描述才能。许多人都会写到人民大会堂迎宾大厅里摆放的水仙。在一堆会议稿中，这类文字清新讨巧，受编辑欢迎。今年，因为新冠肺炎疫情，“两会”推迟到5月下旬召开。当时的气氛也很特殊，“两会”侧记恐怕不能再照猫画虎了。

中国幅员辽阔，从南向北，至少经历了热带、亚热带、暖温带、中温带、寒温带五种气候。夏天还不太明显，一到冬天，南北气候差别明显。因此，早年出差，愿意去老少边穷地区，愿意出远差、出长差。在资讯不发达的年代，时空造成的差异，本身就是强大的吸引力。旅途中的见闻形成了丰富的体验。记得工作后出的第一趟远差是到贵阳，那个时期，贵州在全国穷得垫底。夜晚，街灯早早熄灭，拧开水龙头准备洗澡时，花洒流出了黄黄的浓汤。这个印象在我脑海中存了很多年。也是前两年，我去铜仁开会，途经贵阳，发现完全找不到从前的模样了。还有一趟远差，是跟东方歌舞团到海南“文化下乡”。当时是一月，北方最冷的季节，海南人穿汗衫短裤。上岛后，先到五指山，去椰林寨采访红色娘子军原型人物，还去了华侨农场。然后坐长途大巴，一路向南。说是长途，其实海南很小，从北到南，总共四个小时。当时的三亚还没有被东北口音占领，基本都是本地人。气温比琼海高一点。性急者换上泳裤，就扑进大海。市场上做生意的也都是本地人，在杂乱的叫卖声中，认识了山竹，看到了各种杧果，还有新鲜的桂圆和榴梿。也是在海南，他们指给我看苏轼曾经生活的地方。这个印象也储存了好多年。

诗人写诗，除了遵守必要的规范，还要抓住审美对象的特点，尽量写出独特性。“接天莲叶无穷碧，映日荷花别样红”，写荷花写得出色的杨万里，写水仙也写出妙绝之处，量多——至少不下十首，质好——成活率高。“韵绝香仍绝，花清月未清。天仙不行地，且借水为名。”“江妃虚却蕊珠宫，银汉仙人谪此中。偶趁月明波上戏，一身冰雪舞春风。”“手种凌波香，今岁便十斛。要知诚斋中，富底水仙国。”“薤叶葱根两不差，重蕤风味独清嘉。薄揉肪玉围金钿，浅染鹅黄剩素纱。”“额间拂杀御袍黄，衣上偷将月秭香。待倩春风作媒却，西湖嫁与水仙王。”几乎每一首，意象都有差别。在诗人的笔下，花花不相同，一花数世界。确实是高手。

写小说也如此。有经验，还要懂得经验的审美转化。前些日子在杂志上读到於可训先生的短篇小说《伤心三姨传》，旧时光里的三姨和三姨夫烙了下来。理论做得不错，创作实践也有成就，令人感佩。一生研究《文心雕龙》的缪俊杰先生也是这样。缪公八十岁以后出版了两部长篇小说，其中一部，被影视公司买去了改编权。

北方已是深秋，家里的暖气管已经热起来了。再过不久，市面上应该会有水仙球茎售卖。“镜湖俯仰两青天。万顷玻璃一叶船。拈棹舞，拥蓑眠。不作天仙作水仙。”陆游这首《渔父·灯下读玄真子渔歌，因怀山阴故隐，追拟》，语言浅白，思绪开阔，以“不作天仙作水仙”为落点，表达大隐之意。

图书在版编目 (CIP) 数据

花间词外 / 刘琼著. — 北京 : 北京十月文艺出版社, 2021. 10
ISBN 978-7-5302-2178-5

Ⅰ. ①花… Ⅱ. ①刘… Ⅲ. ①散文集—中国—当代 Ⅳ. ① I267

中国版本图书馆 CIP 数据核字 (2021) 第 156906 号

花间词外
HUAJIAN CIWAI
刘琼 著

出　　版　北京出版集团
　　　　　北京十月文艺出版社
地　　址　北京北三环中路 6 号
邮　　编　100120
网　　址　www.bph.com.cn
发　　行　新经典发行有限公司
　　　　　电话（010）68423599
经　　销　新华书店
印　　刷　河北鹏润印刷有限公司
版　　次　2021 年 10 月第 1 版
　　　　　2021 年 10 月第 1 次印刷
开　　本　850 毫米 ×1168 毫米 1/32
印　　张　7.25
字　　数　108 千字
书　　号　ISBN 978-7-5302-2178-5
定　　价　52.00 元
质量监督电话　010-58572393
如有印装质量问题，由本社负责调换。